Sonya
ソーニャ文庫

氷の王子に嫁いだはずが、彼は私のストーカーでした

蘇我空木

イースト・プレス

contents

第一章　天使との結婚

冬の寒さが和らぎ、ようやく春の訪れを近くに感じられるようになってきたグリッツェン王国の王宮は、慌ただしい空気に包まれていた。

王女は長いスカートを指先で摘まみ上げ、流れるように回廊を進んでいる。背筋を伸ばして歩く姿は、遠目にはマナーに忠実な淑女に見えるが、すれ違う者はそのスピードと、淑やかさとは程遠い鬼気迫る表情にぎょっと目を剝いていた。

「アーシェリア！」

回廊と中庭の間にある、綺麗に手入れをされた植木の向こうから鋭い声が飛んでくる。王女はびくっと身を震わせてから慌てて作り笑いを浮かべた。

「あらお母様、ごきげんよう」

「ごきげんようではありません。どうして呼び止められたのか、自分でもわかっているでしょう？」

「……………はい」

王妃はいつもこの時間に庭を散策している。それを迂闊にも失念していた。

普段からうっかりミスの目立つ娘を前にして王妃が大袈裟に溜息をつく。

「輿入れまであと二か月もないのですよ？　日頃から淑やかな振る舞いをしなくては習慣にならないと、何度言ったらわかるのですか」

「申し訳ありません……」

「いくらお肌や髪を美しく整えても、あのような歩き方をしていてはまったく意味がありませんよ」

王妃は決して娘が憎くて苦言を呈しているのではない。

グリッツェン王国の王女、アーシェリアは二か月後に隣国フーヴベルデ王国の王太子のもとへ嫁ぐ。かの国がとりわけマナーに厳しいのは有名な話。つまり彼女の振る舞いは今後、グリッツェンだけでなくフーヴベルデ王家の評価にも繋がるのだ。

それがわかっているからこそ、アーシェリアも素直に反省の意を示した。父親似だと言われる目鼻立ちのはっきりした顔に真剣な表情を乗せ、ゆっくり首を垂れた。

「ご指摘いただき感謝いたします。今後はより一層注意をして参ります」

お茶会よりも遠乗りや剣を振るう方が好きなアーシェリアにとって、たっぷりと装飾のあしらわれた丈の長いスカートはただでさえ煩わしい存在でしかない。

その上今は輿入れの準備が忙しく、つい大股で早歩きをしていたのを王妃に見つかってしまったのだ。

まだ叱り足りないといった様子の王妃だが、アーシェリアが多忙なのは重々承知している。もう一度「本当に気を付けなさい」と告げると解放してくれた。

「ふう」

　王妃が去ると自然と溜息が零れる。

「姫様、あまり気に病まないでくださいませ」

「平気よ、ありがとう」

　琥珀色の目を細め、付き添いの侍女へにっこりと微笑みかける。それすらも気丈に振る舞っていると捉えられたのか、侍女は悲しげに顔を歪ませた。

（本当に平気なんだけどな……）

　内心で苦笑いをしながら踵を返すと栗色の髪がふわりと揺れる。今度は言いつけられた通り、優雅に見える足運びで歩きはじめた。


　それは三か月ほど前のこと、アーシェリアが十八歳になった直後に持ち上がった婚姻話は王宮のみならず、国民にまで大きな衝撃を与えた。

「まさか、姫様がフーヴベルデなんかに嫁ぐなんて……」

「狡猾なあいつらのことだ。きっと姫様はひどい目に遭うに違いない！」

　グリッツェンとフーヴベルデ。この二国は地図の上では隣り合っているものの、国境にはまさに「境目」と言わんばかりの高い山脈が聳えている。このウェントワース山脈の所有権を巡っての戦争がかねてよりたびたび勃発し、長い間いがみ合ってきた間柄なのだ。

停戦協定を結んだのはそれぞれの先王で、代替わりをしてから和平協定を結び終戦となった。これで国交上は友好的な関係になっているものの、人の心はそう簡単に変わるものではない。

「頭でっかちばかりの国で暮らさなきゃならないなんて、姫様がおかわいそうだ！」

「ろくに陽の光が届かないせいで、あんな生白い肌をしているんでしょ？　本当に不気味な土地だわ」

半島に位置するグリッツェンは海に面しており民は大柄で小麦色の肌、対して国土の半分が森林であるフーヴベルデの民は小柄で色白、と見事なほど対照的な容姿をしている。

武人が尊ばれるグリッツェンでは知性を重んじるフーヴベルデを「頭でっかち」と揶揄し、逆にフーヴベルデからは「野蛮人」と軽蔑されている。

二国間の戦争によって祖先を失った恨みは深く、それぞれの民の胸にはウェントワース山脈よりも高い壁が存在していた。

ある者は嘆き、ある者は激しい怒りに震えた。結婚を取りやめるよう直談判すべく、王宮へ突入しようとした者までいたと聞いている。

だが、国同士の約束は一度決められたら取り消すのは容易ではない。いくら因縁のある相手とはいえ今は友好国、しかも相手は不愛想ながら容姿端麗・頭脳明晰な「完璧王子」と名高いエセルバート王子である。民の思いも空しく、アーシェリアの嫁入りは慌ただしく準備が進められている。

国民の反発を受けながらも、自国の大事な姫君を差し出すのには大きな理由があった。

グリッツェンの流通の最大拠点であるソレイヤード港はたびたび高波による被害を受け、そのたびに接岸する船を他の港へ振り分けていた。だが、近年の交易の増加に伴い、この対処法ではカバーできなくなってきた。

この事態を重く見たグリッツェン国王は高波の被害を受けないよう、抜本的な解決を命じた。有効な手段を求めてありとあらゆる文献を繙き、周辺国にも協力を仰ぐ。そんな中、フーヴベルデから自国の河川港で施工されている、水の流れを緩やかにする工法が使えるのではないかという提案が届いた。

切り立った山々に囲まれ、地形的に不便な暮らしを強いられてきた彼らの知恵と技術は、因縁のある相手だという事情を考慮しても魅力的で、グリッツェンの求めるものそのものだった。

交渉の結果、技術者を派遣して工事が完成するまで指導してもらうことが決まった。そして技術料の支払いとは別に、彼らの身の安全を保障する担保として王女の輿入れが決まったのだった。

アーシェリアはグリッツェンのため、国の宿敵とも言える男のもとへ嫁ぐ。茨の道を歩む王女に同情し、誰もが涙にくれていた。

だが——皆の同情を一身に浴びている当人の意識は、まったく逆だった。

(「天使様」は今、どんなお姿になっているのかしら?)

それを口にすれば反感を買ってしまうのは目に見えている。だからアーシェリアは口を噤み、密かに輿入れの日を指折り数えて待っていた。

結婚が決まってから間もなくして、慣例に従ってフーヴベルデから結婚相手の絵姿が送られてきた。絵の中の彼は世間の評判通り、冷ややかな眼差しをこちらへ向けている。

恐ろしいほど整った顔立ちは決して美化されたものではないはずだ。アーシェリアの知る「天使様」が成長したらきっとこんな顔になるだろう、と想像していた姿とそっくり
……いや、それ以上の姿になっていた。

アーシェリアは過去に、エセルバートと顔を合わせたことがある。

あの邂逅は運命だったと信じている。絵姿をしげしげと眺めているうちに、当時の記憶が色鮮やかに蘇ってきた。


十年前、八歳のアーシェリアは元騎士の母親に憧れを抱き、訓練場へ通って剣術の基礎を学んでいた。

いつものように庭園に面した一角で汗を流していると――天使が花壇の向こう側からアーシェリアを見つめていたのだ。

顎のラインで切り揃えられた金の髪が風に吹かれてさらさらと揺れ、ぱっちりと大きな瞳は美しい翠玉を連想させる。透き通らんばかりの真っ白な肌をした華奢な少女は、まるで絵本に出てきた天使そのもの。

　思わず剣を握る手を止めて見入っていたアーシェリアには、その後ろに立つ見慣れぬ服装の護衛など視界に入っていなかった。

「ね、ねぇ、そこのあなた！　こっちにおいでよ!!」

　柵へと駆け寄り、気が付けば願望を口にしていた。どうやら勢いよく誘いすぎたらしく、天使はびくっと肩を震わせる。だが興奮したアーシェリアは構わず通用口を指差した。

「あそこから入れるからっ！　すぐに鍵を開けるね!!」

「ひ、姫様……！」

　指導してくれていた騎士が小声で制したものの、全速力で通用口に向かっていく。散々走り込みをした後だというのに不思議とつらさを感じなかった。一方、天使のような少女もつられるように花壇に沿ってゆっくりと移動しはじめる。

　今や遅しと待ち構えるアーシェリアの前にようやく到着した彼女はズボンを穿いていた。

「えっと、どうぞ！」

「ありがとう。お邪魔します」

　天使とは身長が同じくらい——いや、彼女の方が少し低いくらいだろうか。にこりと微笑んだ彼女は至近距離で見るとより可愛らしい。アーシェリアもまた満面の笑みを浮かべると、騒々しい訓練場へと招き入れた。

「ねぇ、あなたはどこから来たの？」

　僅かな沈黙の後に紡がれたのは、最近よく耳にする国の名前だった。

「……フーヴベルデからです」

　天界から、などという答えは期待していない。いや、実はちょっとだけ考えたが残念ながらそうではなかったらしい。

「あぁ！　国王様がいらしているって、お父様が言っていたわ！」

　この日、二国間の親交を深めるべく会談の場が持たれていた。

　フーヴベルデから国王一行が訪問しているのは知っていたが、アーシェリアはまだ社交に出られる年齢ではないため、いつも通り訓練をしていたのだ。

　たしかに天使の着ているブラウスやベストには細かな刺繍が施されていて、ひと目で高級なものだとわかる。先日、フーヴベルデ国王から贈られたリボンの紋様とよく似ていた。しかし、こんな可憐な少女までもがどうしてわざわざ険しい国境を越えてグリッツェンまでついてきたのだろう。

　はたと気付いたが、彼女は護衛を連れているではないか。アーシェリアの感覚からすると、護衛にしては細すぎやしないだろうか。そこまで考えてからようやく重要なことに思い至った。

「ごめんなさい。名乗っていなかったわ。私はグリッツェン王国の第一王女、アーシェリアよ」

　いくら社交デビュー前とはいえ、この程度の礼儀作法は身につけている。今はスカートではなくズボンの稽古着なので、代わりに騎士の簡易礼を取った。まさか王女だとは思っていなかったのだろう、少女は僅かに目を瞠る。

「私はフーヴベルデ王国の第一王子、エセルバートです。アーシェリア殿下にお会いできて光栄です」

「まぁ！　あなたが一緒に来た王子様だったのね。……えっ、お、王子!?」

――女の子じゃなかった!!

飛び出そうになった言葉は慌てて呑み込んだものの、驚きは十分なほど伝わったらしい。綺麗な顔に申し訳なさそうな笑みが乗った。

「ご、ごめんなさい……」

「気にしないでください。むしろ驚かせてしまって申し訳ありませんでした」

アーシェリアの知る「男の子」といえば、六つ年上の兄ヴァディスである。大柄で剣の才能はあるものの、訓練はつらいから嫌だとよく逃げ回っている。そして隙あらばアーシェリアに悪戯を仕掛けてくる、なかなか厄介な存在なのだ。

そんな兄と目の前にいる「彼女」改め「彼」は、とても同じ性別とは思えない。これもやはり生まれ育った国の違いなのだろうかと思っていると、エセルバートが興味深げに訓練場を眺めていた。

「アーシェリア殿下は剣の訓練をなさっていたのですか？」

「うん！　私ね、お母様のようになりたいの！」

「カルラ王妃殿下のことですね。たしか騎士であられたと聞き及んでおりますが、それで剣を？」

アーシェリアは力強く頷いてから、将来の夢について打ち明けた。

「私にはお兄様がいるでしょう？　だから国王にはなれないけど、グリッツェンの民を護れるようになりたくて頑張っているの」

「民を護る……ですか」

いくら「武の国」と呼ばれるグリッツェンとはいえ女性騎士の数は多くない。そんな中で一個中隊を任されていた母はよほど優秀な騎士だったのだろう。現役時代を知る者達は王妃の血を引く王子と王女には剣の才能があるはずだと事あるごとに口にした。

才能があるなら伸ばさない手はないし、民を護るための力がほしい。もちろんそう考えているのは本当だけれど、アーシェリアはただ護られるだけの姫になりたくなかったのだ。

思わず熱く語ってしまったが、エセルバートは眉を顰めるどころか、むしろ頬をほんのり紅潮させ、更に愛らしさを増幅させているではないか。

「アーシェリア殿下は、民をとても大事になさっているのですね」

「う、うん……でも、まだはじめたばかりよ」

ただでさえ天使のようだというのに、そんな可愛らしい顔で褒められると胸がくすぐったくて仕方がない。アーシェリアは木剣をぎゅうっと握りしめてから、こちらをじっと見つめている異国の王子へ問いかけた。

「あ、えぇと、え、せる……ばーど、様？　はお散歩中だったのかしら？」

元々物覚えはいい方ではない上に、王子の名前はこの国では聞き慣れない音の組み合わせだった。たどたどしく呼んだ名は少し間違っていたらしく、彼の護衛が僅かに眉根を寄せて不快感を顕わにしている。

「私の名前は発音しにくいですよね。どうかエセルと呼んでください」

「ありがとう。それなら私のこともアーシェと呼んでね。あっ、『殿下』は付けなくていいし、敬語もやめてほしいな」

ここは公式の場ではない。それに、アーシェリアより少し低い背丈と華奢な身体から判断するにきっと年下なのだろう。それに彼とは気負わずに仲良くなりたかった。

エセルバートにとっては思わぬ提案だったのか、大きな目を丸くしてから「うん、わかった」と微笑んだ。

「私は王宮の建物が興味深かったので、それを見学させてもらっていたんだよ」

「ここの建物？　特に変わっているようには見えないけど……」

この場所で生まれ育ったアーシェリアにはよくわからない。王宮も、海辺にある離宮も似たような造りだと説明すると、エセルバートがこくりと頷いた。

「どちらも海が近いから、潮風に耐えられるように柱を太くしてある。本来は扉を小さく、天井を低めにした方がいいけれど、グリッツェンの人は大柄だからこうせざるを得ないんだろうね」

「へぇぇぇ、そうなのね！」

「建物の造りは国や地域、それから時代やそこに住まう人によってまったく異なるんだ」

　これまでそんな視点から建物を見たことがなかった。つまり、エセルバートの暮らしている王宮はここととはまったく違う構造なのだろう。もっと話を聞きたいと思ったのだが、残念ながら時間切れになってしまった。

「明日もここに来れば、アーシェに会える？」

　少し恥ずかしそうな顔で問われ、胸がきゅうっと締め付けられる。もしかして、エセルバートもアーシェリアとまた話をしたいと思ってくれているのだろうか。

「それなら、明日は王宮を案内してあげる！」

「……いいの？」

「うんっ、お父様にお願いするわ。私が一緒なら、もっと色々な場所が見られるでしょ？」

　特権で釣った気がしないでもないが、エセルバートがにわかに目を輝かせている。

　どんな手を使ってでも許可をもぎ取ろうと密かに決意した。

　そして翌日、無事に許しを得たアーシェリアは客間の棟に通じる廊下で天使のような客人を待ち構えていた。

「おはよう、アーシェ」

　陽の光を受けた髪がキラキラと光っている。神々（こうごう）しい姿にうっかり見入ってしまったアーシェリアは、目の前で小首を傾げられてようやく我に返った。

「あ、う、おはようございます。エセル様……」

実は昨夜、フーヴベルデの王子が二つ年上だという事実を知ってしまった。勝手に年下だと思い込み、気楽に接していたのが申し訳なくなる。

失礼な真似をしてごめんなさい、と謝るとエセルバートはすぐに許してくれた。

「そんなことは気にしないで。昨日みたいに話してくれて構わないよ」

「でも……」

「せっかくアーシェと仲良くなれたのに、よそよそしい喋り方をされると寂しいな」

エセルバートが表情を曇らせると、まるで可憐な花がしおれてしまったかのように見える。そこまで言うのであれば、と頷けばすぐさま笑顔になってくれた。

「今日はね、宝物殿を案内してあげる！　王宮の中で一番新しい建物なんだよ」

「ありがとう。とても楽しみ」

さすがに国宝が収められている区画は入れないが、その一つ手前までは許可をもらってきた。嬉しさを隠しきれない様子のエセルバートを前にして、必死でお願いした甲斐があったと達成感でいっぱいになる。交換条件として勉強の時間を増やすことになってしまったのだが、それは内緒にしておいた。

宝物殿は王宮の奥まった場所にある。そこに至る回廊ですらエセルバートにとっては興味深いらしい。時折立ち止まってはじっくりと眺め、アーシェリアに説明してくれた。

「あそこの梁を見て。柱と繋がっている部分には釘が使われていないよね」

「うん。それって珍しいの？」

「本来は金属の釘で固定した方が強度も上げられるし、簡単に出来上がる。だけど海の近くではすぐに釘が腐食してしまうから、それぞれの木に溝を作って組み合わせるんだ」

「フショクってなぁに？」

潮風によって金属が脆(もろ)くなり、折れたり溶けたりすることだと説明され、アーシェリアはなるほど、と納得する。

「剣も金属だから、使っていなくても定期的に手入れをしていないと腐食してしまうんだよ」

「そうなんだ！　気を付けないといけないのね」

エセルバートはたった二つしか違わないというのに、アーシェリアの知らないことを沢山(たくさん)知っている。自分も頑張って勉強すれば、二年後には彼みたいになれるかもしれないと淡い期待を抱きながら宝物殿へと足を踏み入れた。

出迎えてくれた文官はやや硬い表情でエセルバートへ宝物殿の概要を説明している。だが、まだ幼さを残す王子から次々と質問を繰り出され、気が付けば熱心に語り合うようになっていた。

正直、その輪に入れない寂しさはあったものの、エセルバートが楽しそうなのでよしとしよう。彼らが地味な見た目の珊瑚(さんご)の前から動かなくなってしまったので、退屈したアーシェリアはぶらぶらすることにした。

そういえば、奥の方に大きな貝殻があったはず。記憶を頼りに別室へ向かうと、そこには巨大な二枚貝が鎮座（ちんざ）していた。

「うーん、やっぱりかっこいい！」

初めて見た時は貝殻の中にすっぽりと入れそうだったが、今ならちょっとだけ頭が出てしまうだろうか。己の成長を実感していると、ぱたぱたとこちらへ走ってくる足音が聞こえた。

「アーシェ、どこにいるの!?」

どうやら話は終わったらしい。アーシェリアが巨大な貝殻の横から「ここだよー！」と叫ぶとエセルバートがやって来てあからさまにほっとした表情を浮かべた。

「急にいなくなって……びっくり、したよ……」

「ごめんね。私も久しぶりに来たから探検したくなっちゃった。あっ、ねぇねぇこの貝、すっごく大きくてかっこいいと思わない？」

悪びれた様子のないアーシェリアにエセルバートは一瞬だけむっとしたが、気を取り直したように大きく口を開いた貝殻を見上げた。

「これは……コンシャガイといったかな」

「左様でございます。こちらはグリッツェンの最南端にある村、リトスの沿岸で二十年ほど前に採れたものです」

文官の説明に納得しつつ、村の名前に聞き覚えがある気がした。

「あっ、私、リトスに行ったことがある！　すごく海が綺麗なところだった」

「へぇ……そうなんだ。羨ましいな」

　国王夫妻の視察に同行し、地元の子供達と一緒に遊んだのを憶えている。海に潜って貝殻や珊瑚を採ったと自慢げに話すと、思わぬ横やりが入れられた。

「そういえば姫様はリトスの海に潜られた際、生きているコンシャガイにちょっかいを出して手を挟まれたそうですね」

「どっ、どうして知ってるの!?」

「王宮で知らぬ者はいない話ですよ。さすがお転婆な姫様だと」

　もちろんこれほど巨大なものではなかったし、同行していた護衛騎士が気付いてすぐに助けてくれたので溺れたりはしなかった。ただ、その報告を受けた両親から触ってはいけないという注意を守らなかったとして、延々とお説教をされたのは苦い思い出である。

　だってすごく綺麗だったんだもん、とぼそぼそ言い訳をするとエセルバートがくすっと笑った。

「コンシャガイの身は青くてキラキラ光っているというからね。アーシェが触りたくなるのも無理はないよ」

「うっ、うん。そうだよね！」

　思わぬ助け舟にアーシェリアはたちまち元気を取り戻す。エセルバートは微笑みながらそっとお転婆姫の手を取った。

「でも、危ないと言われるのにはちゃんと理由があるんだ。どうかそれを忘れないでね」

「う……気を付ける」

「それから、黙って離れたりしないでね？」

繋がれた手にきゅっと力が籠められ、アーシェリアは頬が熱くなってくるのを自覚する。

その後はずっとエセルバートの隣で大人しく文官の説明に耳を傾けていた。

アーシェリアは宝物殿の見学を終えたら、そのまま剣の稽古に向かうつもりでいた。だからエセルバートとはその場で別れるはずが、なんと送ってくれるというではないか。

ちゃんと一人の女性として扱ってくれるのが照れくさいけど嬉しい。手を繋いだまま訓練場へと向かった。

「アーシェリア様、お戻りですか」

「あっ、おじさま!!」

訓練場で待ち構えていたのは、筋骨隆々とした赤毛の男。アーシェリアはぱっと表情を輝かせると父王の盟友であり、騎士団長でもあるヘンドリック・アークエットへと駆け寄った。

「会えて嬉しい!!　今日は指導だったの？」

「ええ、騎士団にたるんでいる者がいると聞きましてね。鍛え直していたところです」

数人の騎士が訓練場の隅で屍のように倒れているのはそのせいか。アーシェリアにとっては見慣れた光景なのだが、エセルバートと彼の護衛騎士は明らかに引いていた。

「エセルバート殿下、我が国の宝物殿はいかがでしたかな？」

「はい。とても勉強になりました」

　どうやら騎士団長とエセルバートはすでに顔見知りだったようだ。

「では、私はそろそろ失礼します」

「ええっ!?　久しぶりに会えたのに、もう行ってしまうの？　私も稽古をつけてほしかった。前より上手になったのよ」

　騎士団長が忙しいのは重々承知しているが、せっかくだから上達した素振りくらいは披露したかった。いつもはアーシェリアの我儘を聞いてくれるというのに、残念ながら今回ばかりは無理なようだ。

　遠ざかっていく大きな背を名残惜しげに見つめていると、再びきゅっと手を握られた。

「アーシェは、アークエット団長みたいな人が好きなの？」

「うん。おじさまのことは大好きよ！　だって、とっても大きくて強いんですもの」

　常に厳めしい顔をしている騎士団長は王宮でも恐れられている存在だ。だが、物心ついた時から知っているアーシェリアはまったくそう思っていない。ヘンドリックは部下の騎士達の畏怖の対象であるが、王女にしてみると強くて優しくて、そして頼りになる存在なのだ。

　騎士団長がいかに強いかを語ろうとしたが、隣に立つエセルバートは暗い顔をしていた。引っ張り回して無理をさせてしまったのだろうか。慌てたアーシェリアは、自分は訓練に参加するからエセルバートは部屋に戻るようにと伝えた。

「また明日も、アーシェに会える？」

「もちろん！　でも、無理はしないでね」

エセルバートは二日後に王宮を発つ。それまでの間、できるだけ色々な場所を案内したいけれど、体調を崩してしまっては元も子もない。元気なら明日、この場所で会おうと約束して別れた。

そして翌日――アーシェリアはいつもより早い時間に訓練場へやって来た。

「あれっ、どうしたんだ姫様」

「おはよう、ニルス」

どうやら朝に弱いアーシェリアが早く来たのが相当驚きだったらしい。ニルス・アークエットは兄の乳兄弟だ。騎士団長の嫡男（ちゃくなん）だけあり、少年ながら立派な体格をした彼は目を丸くしていた。

「こりゃ、明日あたり大雪になるかもしれないな」

「そんなわけないでしょ！　私だって、たまには早起きくらいするわよ」

「へぇ……そうかいそうかい」

エセルバートが来る前に訓練を終わらせたいから頑張った、だなんて口が裂けても言えない。アーシェリアは父親譲りの赤髪をかき上げておかしそうに笑う幼馴染（おさななじみ）を無視し、いつものように訓練場の周りを走りはじめた。

息が整うなり素振りを百回。肘が開くと力が逃げてしまうので、ぐっと脇を締めたまま木剣を黙々と振り下ろす。ふらふらになり、ようやくノルマを終えて休憩していると、早くも騎士団に交じって訓練をしているニルスがやって来た。

「姫様、打ち込みの相手をしてやろうか？」

「うんっ、ちょっと待ってね」

木のコップに残っていた水を飲み干し、代わりに愛用の木剣を取る。一方のニルスは刃を潰した練習用の剣を携えていた。

打ち込みとは相手の構えた場所へ剣を振って当てる稽古で、素振りよりも実践に近い。他の騎士は相手が姫ではいかんせん甘くなるのに対し、兄やニルスはアーシェリアに容赦がないのでむしろ嬉しかった。

「いつでも来い」

ニルスは片手で剣を持ち、不敵に微笑んでいる。挑発だとわかっているが非力と言われているようでやっぱり腹立たしい。アーシェリアは両手で木剣を構え、呼吸を整えると駆け寄りながら振り下ろした剣に体重を乗せた。

カーン！　という音が朝の訓練場に響き渡る。めいっぱい力を入れたつもりだが、やっぱりこの程度ではニルスはびくともしない。交わった剣ごと押し戻され、崩された体勢を整えると再び振りかぶった。

「ほらほら、肘が開いてきてるぞ」

「……っ、わかってる！」

脇を締めるのを意識すると他の部分がおろそかになる。足元がふらついた瞬間に剣を引かれ、アーシェリアは前のめりに倒れ込んだ。

「お、剣は放さなかったな。やるじゃないか」

「当たり前よ！」

手の甲で頬に付いた汚れを乱暴に拭いながら立ち上がる。めげずに挑むこと五回あまり、遂にアーシェリアは転がって立ち上がれなくなった。

「も、だめ……うごけ、ない」

「この程度でへばるとは、姫様もまだまだだなぁ」

一方のニルスはうっすら額に汗をかいているだけで、息にはまったく乱れがない。アーシェリアはぜいぜいと荒い呼吸を繰り返し、目に入った汗を拭うと鮮やかな赤毛を忌々（いまいま）しげに睨（にら）みつけた。

「まぁ、それでも前よりは続けられるようにな……」

「アーシェ!!」

悲痛な声が聞こえた次の瞬間、視界が金の輝きに埋め尽くされる。唖然（あぜん）としているうちにエセルバートに腕を引かれ抱き起こされた。

「大丈夫!?　あぁ……こんなに汚れちゃって」

「……あっ、エセル。具合は、どう？」

昨日顔色が悪そうに見えたので、今日は無理かもしれないと思っていた。会えて嬉しい気持ちからそう問いかけたというのに、目の前にある綺麗な顔はみるみるうちに不機嫌へと彩られていく。

「この状態のアーシェが心配することではないよね？」

「そう、かな」

　情けない姿を見られたのが恥ずかしくて背が丸くなる。エセルバートはアーシェリアに付いた土埃をぽんぽんと叩いて払い、立ち上がらせてくれた。

「大丈夫？　どこか痛いところはない？」

「平気よ。ありがとう」

　幼い二人のやり取りをニヤニヤしながら眺めていたニルスだが、エセルバートが見上げた途端、ぴくりと肩を揺らす。

　その時、アーシェリアの目の前に木のコップが差し出された。

「殿下、これは訓練の一環でして、ニルスは妹が憎くてやっているわけではありません」

　いつの間にか近くに来ていたグリッツェン王国の第一王子、ヴァディスがフォローを入れる。

「ですが、なにもこんなふうになるまで……」

「それもまた訓練なのです。二人は付き合いが長いですから加減もわかっています。いずれは夫婦になる仲ですしね」

　父がそう言っただけで、正式なことはなにも決まっていない話だった。だが、それを聞いたエセルバートはさっと表情を強張らせた。

「お兄様はいつ来たの？」

「殿下とご一緒したんだよ。

　つまり、打ち込みに奮闘している姿は見ていないらしい。地面に転がっているところだけを見て誤解しているのかもしれない。

「びっくりさせちゃってごめんね。ニルスにいじめられていたわけじゃないから」

「……うん」

「まぁ、意地悪なのは間違いないけどっ」

　ニルスはよく兄と結託してアーシェリアをからかってくる。無視すれば、何度も何度もしつこく絡んでくるから厄介なのだ。最近はアーシェリアも対処法を学習し、やられたらすぐさまニルスの父親である騎士団長に告げ口し、鉄拳制裁が下されるのを見物するようになった。

「アーシェ、まさかその恰好のまま殿下と散歩に行くつもりか？」

「ちゃんと着替えを持ってきてあるもん！」

　今日の稽古はこれでおしまい。エセルバートに待っていてくれるように頼み、更衣室へと向かった。ここでは侍女の手を借りずに自分で身支度をしなくてはならない。超特急で身体を拭き、シンプルなワンピースへと着替えた。顔を洗って髪を簡単に結び直すと、待ちに待った散歩の開始だ。

「今日はね、後宮を案内してあげる！」

「えっ……入っても大丈夫なの？」

「うん。今は誰も住んでいないけど、お庭がとても綺麗なんだよ」

前の国王までは多くの側妃が住んでいた後宮は現在改修され、主にガーデンパーティーの会場として活用されている。

専用の通路から後宮へ入ると、そこには広大な庭園が広がっていた。その中にはいくつもの四阿が設置されている。それぞれの柱には太陽、月、星、虹といったモチーフが彫られており、そのモチーフを符号として待ち合わせをしていたらしい。

「ここには昔、沢山の女の人が住んでいたんだって。なんだかすごいよね」

「うん……後宮のある国はいくつもあるよ」

「そうなんだ！　エセルの国にもある？」

実際はどんな感じなのだろう。様子を知る絶好のチャンスと意気込んで訊ねたが、フーヴベルデではかなり前に制度が廃止され、建物は跡形も残っていないと言われた。

「フーヴベルデは王族であっても側妃を認めていないんだよ」

「ふぅん……グリッツェンは認めているけど、お父様にはいないの。お母様が『自分より強い女性なら認める』って言ったせいかな」

「それは……そうだろうね」

二人は庭園を一望できる「太陽」の四阿で休憩することにした。朝から激しい鍛錬をしたせいでお腹はぺこぺこ。アーシェリアが用意されたお菓子を次々に平らげていく姿を、大きな翠眼が食い入るように見つめていた。

「……どうしたの？」

エセルバートはお菓子にまったく手を付けようとしない。このままだとアーシェリアが全部食べてしまいそうだが、それでも構わないと返された。

「もしかして、やっぱり具合が悪いの？」

「ううん、平気だよ。実は……天候の都合で明日の早朝に王宮を発つことになったんだ」

「えっ……」

絶句したアーシェリアの手からクッキーの欠片がぽろりと落ちる。エセルバートが寂しげに微笑んだ。

「アーシェはまだ見送りに出てこられないから、会えるのは今日が最後になると思う」

「そっ、か……」

せっかく仲良くなれたし、他にも案内したい場所がある。そしてなにより、もっと色々な話をしたい。急に寂しさがこみ上げてきて、アーシェリアはぎゅっと唇を嚙みしめた。泣きそうになるのを必死で我慢していると、向かいに座っていたエセルバートが隣に移動してきた。

「きっとまた、会えるよ」

「本当に？　いつ？」

いくら第一王子とはいえ知るはずがないし、決められないのはわかっている。それでもアーシェリアは訊ねずにはいられなかった。案の定、エセルバートは困った顔で微笑むだけ。こんな時でも適当なことを口にしないのが嬉しくもあり、同時に悲しかった。

「それなら、今度は私がフーヴベルデに行く」

「……アーシェが？」

「うん！　その時はエセルが王宮を案内してくれる？」

来られないのであれば、こちらから行けばいい。護衛や侍女達が焦っているのも構わず、アーシェリアは言い募る。

幼いが故に二国の微妙な関係など知らずに発した願いに、エセルバートは天使のように微笑みながら頷いた。

「もちろん歓迎するよ。だから……必ずおいで」

「本当に？　じゃあ、約束ね！」

最後にぎゅっと繋いだ手の温もりは、次に会うまで絶対に忘れないと誓った。

きっと周りにいた者達は子供の口約束だと思っていただろう。

だが、アーシェリアは本気だった。月日が経ち、隣国との関係を正しく理解してからもフーヴベルデへ赴いてエセルバートに会うことを密かに願い続けた。

そしてようやく、念願が果たされる。願ってはいても、遺恨のある相手だけにさすがに難しいかもと諦めかけていたというのに、まさか結婚相手として招かれたのはあまりにも予想外だった。

形としては人質同然の輿入れではあるが、技術の見返りなら他にも方法はあった。だから結婚はきっとエセルバートが望んでくれたのだろう。

皆がアーシェリアを不憫だと嘆き、両親からも無理強いはしないと言われている。そんな中、当事者であるアーシェリアだけはこっそり喜びを噛みしめていた。

「やっと、お会いできるのね……」

絵の中のエセルバートに向かって呟いた。

幼い頃はまるで巨石のような体軀と厳つい顔つきが格好いいと思っていた。だが、八歳の時に完全に好みが変わってしまったのは、「天使様」に出会ったせいに違いない。

顔を覚えたいからとエセルバートの絵姿を私室に持ち込んだのは我ながらいい機転だったと思っている。忙しい結婚準備の合間に一人でじっくりと眺めては、来るべきその日を心待ちにしていた。

政略結婚だが、固い約束を交わした二人にとってはそうではないはず。アーシェリアはマナーレッスンに力を入れるだけでなく、髪や肌の手入れも入念にするようになった。侍女達の頑張りもあり、今や自分で触ってもうっとりする仕上がりだ。

一日も早くフーヴベルデに行き、エセルバートに会いたい。きっと彼も再会を喜び、あの眩い笑顔を見せてくれるに違いない。

期待に胸を膨らませていたアーシェリアは二か月後、あまりにも予想外の事態に直面することとなった。

「王女殿下のお部屋はこちらでございます」

「ありがとう。とても素敵なお部屋ね」

フーヴベルデ王宮までの旅は五日間を要した。海路と陸路を使ってきたが、初日と二日目は荒れる海にすっかり気分が悪くなり、三日目の山脈越えも馬車に乗っていたとはいえ、ガタガタ揺れて快適とはほど遠い山道をひたすら進んだ。

とにかく「過酷」の一言に尽きる旅路に、体力には自信があったアーシェリアもさすがに疲れ果ててしまい、客間の奥にあるベッドに倒れ込みたい衝動に駆られる。だが、旅装を解いたら国王夫妻への謁見が控えている。輿入れ初日から心証を悪くしないよう念入りに用意しなくては。

「お召し替えのドレスはこちらでよろしいでしょうか」

「ええ、お願い」

かしこまりました、と微笑む女性達は皆一様にフーヴベルデ王宮の侍女服を着ている。てきぱきと準備をする姿を眺めていると、山越えの直前まで付き添ってくれた自国の侍女達がつい懐かしくなってしまう。

国境を越えた先にある休憩地でフーヴベルデの馬車に乗り換え、長年世話になった侍女や護衛と別れる時は涙が出そうになってしまった。

これからアーシェリアはたった一人で見知らぬ地で暮らしていかなくてはならない。心細くないと言ったら嘘になる。だけどグリッツェン王家の人間として威厳を保たなくては。冷たい態度を取られることも覚悟し、気合いを入れて乗り込んだというのに、フーヴベルデが用意してくれた侍女はよく動くだけでなく気配りも上手である。これは嬉しい誤算だった。

旅路に適したゆったりとしたドレスを脱ぎ、身体を拭き清めてから支度に取りかかる。

「あの、こちらのコルセットをお召しになるのでしょうか……？」

「ええ、ドレスと同じ箱に入っているものよ」

グリッツェン王国の正装には海と共に生きる民らしく、鮮やかな色合いの生地が使われる。大事な謁見のためにアーシェリアが用意したのはマリンブルーのドレスだ。襟ぐりが大きく開き、コルセットを着けて胸を持ち上げる、グリッツェン王国の伝統的なデザインのものだった。

着替えをはじめると、なんと侍女が胸を全部コルセットの中に押し込もうとするではないか。内心で驚きながらも着け方を説明すると、随分と困惑した顔をされてしまった。

もしかして、フーヴベルデではコルセットを使わないのだろうか。体格のいい民の多いグリッツェン王国では豊満なほど美人だとされている。用意したドレスも胸元を強調したデザインだが、幸いにもアーシェリアの胸は大きい方なのでドレスに見劣りすることもなく助かっている。

「王女殿下、お支度が調いました」

説明をしつつ着るのを手伝ってもらい、髪を結ってもらったアーシェリアは、ゆっくり椅子から立ち上がり全身が映る姿見の前で念入りにチェックした。

待ちに待った再会なのだからエセルバートには完璧な姿を見せたい。後ろ姿を確認してから正面に向き直ると、スカートが波打つように揺れる。仕上がりに満足し、アーシェリアはにっこりと微笑んだ。

「ありがとう。髪型がとても素敵だわ」

「光栄でございます」

ハーフアップに、ところどころ細かな編み込みが施されている。見る角度によって表情を変える工夫は見事としか言いようがない。正直な気持ちを伝えると、髪結いを担当した侍女がほっとしたように笑みを浮かべた。

彼女達は「野蛮人」の国から来たアーシェリアの世話をするのが嫌ではないのだろうか。訊ねてみたい気持ちをぐっと押し殺し、案内役である宰相が待つ廊下に向かった。

「申し訳ありません。エセルバート殿下はその……少々遅れていらっしゃるかもしれません」

「わかりました」

早く会いたかったけれど、これればかりは仕方がない。

恐縮しきりといった様子で伝えてきた男の名はブラッドリー・クラマーズ。フーヴベルデの有力貴族であるクラマーズ公爵家の次男で、宰相の座に就いたばかりだという。

華奢なフーヴベルデ人の中では大柄な方なのだろう。肩幅が広く、がっしりとした体軀の彼を見ると故郷を思い出して少しほっとしてしまう。

ブラッドリーは謁見の間への道すがら、目に入るものを説明してくれる。

「奥に見える棟が王族専用の区域です。王女殿下も婚儀の夜からあちらへと移っていただきます」

「他の棟とは随分と趣が違いますね」

グリッツェンの建物は頑丈さを第一として造られている。潮風に晒され続けても崩れないよう、柱は太く装飾も少なめだ。反対に、嫁ぎ先の国の柱や梁はとても華奢で、どれも凝った彫刻で飾り付けられている。

「はい。あの建物は先々代の王妃が……っと、失礼しました。えー、簡単に申し上げますと、建てられた年代が異なります」

どうして説明を途中でやめてしまったのだろう。怪訝に思い見上げると取り繕ったような笑顔が返された。

「詳しいことは後日、改めてご説明いたします」

「わかりました。よろしくお願いします」

もしかして……グリッツェンの姫に歴史の話をしても無駄だと思ったのだろうか。心臓がきゅっと縮こまったものの、アーシェリアは努めて笑顔を維持した。

　エセルバートに会えると浮かれていた気持ちが沈んでいく。その後もブラッドリーの王宮案内は続いたが、どこになにがあるかといった程度の、非常に簡単なものだった。

　エントランスホールを横切り、来た時とは反対側の棟へと向かう。いくつかの大きな扉を通ってようやく謁見の間へと辿り着いた。

　扉が開かれ、アーシェリアは精緻な紋様の描かれたタイルの上を一歩ずつ慎重に進む。軽く目を伏せながらも背筋はまっすぐ、頭のてっぺんから吊られているような感覚で……と、マナーレッスンで何度も教えられた言葉を反芻する。

　案内係のブラッドリーが立ち止まったのを見て、その半歩後ろで足を止めた。玉座の前に到着したらしい。

「グリッツェン王国第一王女、アーシェリア殿下をお連れしました」

　そう告げて一礼するとブラッドリーは下がっていった。グリッツェンの場合、国王への謁見には必ず宰相が同席するが、どうやらフーヴベルデでは違うらしい。

「アーシェリア王女、遠路はるばるようこそ来てくれた」

「やっと会えて嬉しいわ」

　その言葉に呼応し、膝を折りながらゆっくり腰を落とす。それと同時に首を垂れて最上級の礼の姿勢を取った。

「国王陛下、大変ご無沙汰しております。王妃殿下、お初にお目にかかります」

　国王とは十年前にエセルバートと共に王宮を散歩していた時、一度だけ顔を合わせたことがある。非公式な場ではあったが、輿入れが決まった後に届けられた文に「また会えるのを楽しみにしている」と書いてあったのでこれで問題ないはずだ。

顔を上げる許可を得たが、油断は禁物だ。優雅さを失わないよう指先まで意識を張り巡らせながら立ち姿勢に戻る。ずっと伏せていた視線をまっすぐ前に向けるとフーヴベルデ王国の国王、リシャールと目が合った。その顔に穏やかな笑みを見つけ、練習の成果を十二分に発揮できたと確信する。

「なに、そんなにかしこまらなくていい。楽にしなさい」

「そうよ。これから私達は家族になるのですから」

国王の隣に座る王妃、リリアンヌの言葉にどきりと心臓が跳ねる。「天使様」の瞳は母親譲りだったのか。不意にアーシェリアの夫となる人の色をそこに見つけてしまい、体温が一気に上がるのを感じた。

「……ありがとうございます。このたびの縁談、とても光栄に思います」

実際には光栄に思うどころではなかったのだが、当然ながらそんなことは口が裂けても言えない。縁談話があると知らされた時はとても信じられず、相手は間違いなくエセルバートかと父王に何度も確認してしまった。そして、結婚を了承してから部屋に戻ると嬉しさのあまり飛び跳ねていたのは永遠の秘密である。

その後は訊ねられるがまま、両親と兄の近況を伝える。初対面の王妃はグリッツェン式のドレスに興味を抱いたらしく、アーシェリアの装いを興味深げに眺めていた。

「飾りが大きめなのは、生地の色に負けないようにするためなのかしら」

「はい。特に襟元を飾るレースの柄には意味を持たせることがあります。それを見えやすくするために大きくなり、他の装飾もバランスを考慮しております」

そうなのね、と嬉しそうに頷く王妃は儚げな肢体を淡い紫のドレスで包んでいる。グリッツェンのドレスとは対照的に襟ぐりが狭い。胸も盛り上がりを隠すように平らなので、着けているコルセットが違うのかもしれない。だから先ほどアーシェリアのドレスの着替えを手伝う時、侍女が戸惑ったのかと密かに納得した。

生地は無地にも見えたが、腕を動かしたり国王の方へ身体の向きを変えるたびにこまやかな光が放たれる。きっと遠目にはわからない精緻な装飾が施されているのだろう。

アーシェリアも同じような装いをする日が間もなく訪れるのだろう。リリアンヌのように優雅に着こなせるか、淡い不安が頭をよぎった。

「……失礼いたします。エセルバート殿下がお越しになりました」

ブラッドリーが再び姿を見せるなり、やけに大きな声で王太子の到着を伝える。

やっとお会いできる……！　待ち焦がれた瞬間の到来にアーシェリアは胸を高鳴らせる。彼が登場するはずの後方の扉に向き直ったため、国王夫妻が王太子の到着にほっと安堵の表情を浮かべたのには気付いていなかった。

謁見の間に奇妙な沈黙が流れる。

宰相は間違いなくエセルバートの到着を報せた。だが、扉は一向に開かれる気配がない。

謁見室の外からは言い争うような声が漏れ聞こえてきた。なにかトラブルがあったのだろうか。遂に痺れを切らしたのか、国王が大きな咳払いをしてからなにかを口にしようとした次の瞬間——扉が大きく開かれる。

「遅くなりました」

よく通る声が鼓膜と胸を同時に震わせ、アーシェリアは思わず息を止める。大きく見開いた瞳にすらりとした体軀の男が映し出された。

後ろで一つに束ねられた長い髪は、窓から差し込む光を受けてキラキラと輝いている。金糸を連想させる髪に縁取られた顔は小さく、そこにある目鼻は、美を司る神が配置したとしか考えられないバランスのよさだ。

フーヴベルデ王国の王太子であり、アーシェリアの結婚相手でもあるエセルバートは隣に並び立つと、自身の両親に向かって優雅な簡易礼を取った。

「やっと来たか。まったく、王女を待たせるとはなにごとだ」

「そうよ。長旅で疲れているところを来てもらっているのよ。配慮なさい」

「……申し訳ありません」

国王と王妃から叱責され、エセルバートは軽く目を伏せたまま謝罪の言葉を口にする。

子供の頃は同じくらいの身長だったが、今は踵の高い靴を履いてもなお、優に頭一つ分の差ができていた。

毎日欠かさず眺めていた絵姿そのもの、いや——それ以上の美しさだ。「天使」と再会できただけではなく、結婚までできるなんて夢のようだ。

アーシェリアは礼儀を忘れ、ぼうっと隣を見上げる。不意に翠玉の瞳がこちらへ向けられ、慌てて姿勢を正した。

「殿下、大変ご無沙汰しております」

「あぁ。遠路はるばるようこそ来てくれた。本来であれば出迎えるべきだというのに、遅くなってしまい申し訳ない」

「い、いえ……！　どうぞお気になさらないでください」

エセルバートはまっすぐアーシェリアを見つめたまま謝罪してきた。見つめている、というより睨んでいるという方が正しいだろう。眉根を寄せ、険しい表情のまま早口で詫びられたのであまり申し訳なさが伝わってこないものの、反射的にフォローの言葉が出てきてしまった。

そう告げた途端、顰められた表情がふっと解けそうになったようにも見えた。だが、瞬きをした次の瞬間には再び険しい表情に戻っている。むしろ眉間の皺は一層深くなり、口元にもぐっと力が入っているのは見間違いではない。

もしかして、気に障ったのかしら？

フーヴベルデは国民の学識レベルが高く、「知の国」とも呼ばれている。高名な学者を数多く輩出しており、他国から留学を希望する者が後を絶たないそうだ。

そんな国の社交界では知的な会話が好まれる。神話や様々な逸話に例えるやり取りが常だと聞いていたので、実直な物言いは低俗だと思われたのかもしれない。

　高鳴っていたはずの心臓が一瞬にして凍り付く。繋ぐ言葉を必死で探すアーシェリアを冷ややかに眺めながら、エセルバートは薄い唇をゆっくりと開いた。

「明日から忙しくなる。早めに休んでくれ」

「あ……りがとう、ございます」

　これ以上ないほど簡潔な言葉は、まるで臣下への業務連絡のようだった。エセルバートはそれだけ告げると身を翻し、入ってきたばかりの謁見の間を後にする。

　十年ぶりに会ったエセルバートはひどくよそよそしく、再会を喜ぶどころか笑顔すら見せてくれなかった。

「歓迎する」と言ったあの日の約束を忘れてしまったのだろうか。いや、もしかすると長い年月の間にアーシェリアに対する気持ちが変わってしまったのかもしれない。

　こちらを振り返ることもせず、去っていくその手は苛立ちを堪えているかのように固く拳が作られていた。

　そのままほっそりとした背中が扉の向こう側へと消えていく。完全に閉じられた瞬間、廊下からがたんと妙な衝撃音が聞こえた。続いてなにかが割れるような音が聞こえ、いくつもの声が「殿下、大丈夫ですか!?」とひどく慌てた様子で呼びかけている。

　なにかあったのかしら、と心配するアーシェリアの耳に重々しい溜息が届く。振り返ると国王夫妻が取り繕ったような笑みを浮かべていた。

「ごめんなさい。あの子、緊張しているみたいね」

「あぁ。本当は王女が来る日をとても楽しみにしていたんだ」

楽しみにしていたようにはとても見えなかったが、二人の気遣いを無下にするわけにはいかない。頬の筋肉を叱咤激励してなんとか笑顔を浮かべた。

「わたくしも殿下にお会いできて嬉しく思っております」

「不便があったら遠慮なく言ってくれ。できる限りのことはしよう」

「はい、お気遣いいただき感謝いたします」

　少なくとも国王夫妻はアーシェリアを歓迎してくれている。今はそれがわかっただけでも心強かった。

(私だけが勘違いしていた？　これはエセルバート殿下が望んでくれたことではなくて、やはりただの政略結婚なのかな……？)

　客間へと戻る道すがら、突如として不安が湧き上がってくる。アーシェリアは咄嗟にふるりと首を振り、胸に広がりつつあった黒い靄を散らした。


「エセルバート殿下からお届け物でございます」

「ありがとう。礼状を書くから少し待っていてもらえる？」

「もちろんでございます」

　王太子付きの侍従は壁際に下がり、すかさず侍女達がレターセットや筆記用具を目の前のテーブルへと並べてくれる。一連の無駄のない動きは訓練された兵士を連想させるが、あながち間違ってはいないのかもしれない。

アーシェリアがフーヴベルデの王宮に入ってから早くも十日が経った。新しい環境にも少しずつ慣れ、今は残り二か月を切った婚儀の準備を進めている。

グリッツェンにいた時にそれなりに準備を整えてきたつもりだった。だが、蓋を開けてみると、知らされていた婚儀の手順は概要だったとわかった。ここまででも憶えることが多くて散々苦労したのに、ゴールは遥か彼方だと判明した途端、思わず遠い目になってしまった。

準備不足だと呆れられるかと思いきや、王宮の誰もが積極的に手伝ってくれるのが有難い。その筆頭は王妃であるリリアンヌで、日に一回は顔を見せてはあれこれとアドバイスをくれた。

毎日顔を合わせていれば、おのずと言葉を交わす機会も増える。将来の義母と着実に親睦を深めていく一方、結婚相手であるはずのエセルバートとはまったく距離が縮まっているように思えなかった。

そもそも、顔を合わせたのは初日を除いてたったの三回しかない。しかもそのすべてが国王夫妻も同席した晩餐の席なのだ。しかも、リリアンヌに話しかけられそちらを向いている間、エセルバートの視線を痛いほど感じるのだが、彼に目を向けるとさっと顔を背けられてしまった。

会話に交じりたいのかと思って話しかけてみるものの、返ってくるのは短い返事と睨みつけるような眼差しだけ。一体なにがそんなに気に入らないのか、頬を紅潮させて怒った表情をされることもあった。そのような態度を取られては話が弾むわけもなく、ほとんど会話らしい会話ができないままだ。

エセルバートは王太子として多忙な日々を送っている。それに婚儀の準備が追加されているのだから、睡眠時間が確保できているかどうかすら危ういほど忙しいのだろう。優雅にお喋りを楽しむような余裕がないのかもしれない。

そんな状況なのだから、毎日欠かさず贈り物を届けてくれるだけでも有難いと思うべきなのだろう。

届けられるものは多種多様で、そのどれもがアーシェリアの好みにぴったりだった。果たして今日はなんだろう。緑色のリボンを解いてビロード張りの小箱を開けると、そこには鳥の形をしたブローチが収められていた。

「まぁ……綺麗」

金の土台に細かな宝石がびっしりと埋め込まれており、高い技術によって作り出されたものだと一目でわかる。見事な手仕事に感心しながらじっくり眺めていると、侍女の一人が「まぁ！」と小さく驚きの声を上げた。

「アーシェリア様、これは『カササギ』という鳥ですわ」

「カササギ……？　聞いたことがないけれど、フーヴベルデでは有名なの？」

「はい。といってもわたくしも実物を見たことはありません」

侍女曰く、最近の社交界では遥か東にある国の神話が流行っている。その中に無情にも引き裂かれた男女がカササギの架けた橋によって再び巡り会う、というエピソードがあるらしい。

カササギの身体は腹が白いものの全体的には真っ黒で、翼は深い青と白で構成されている。とても装飾品に適した配色とは言い難い。どうしてこんな鳥をモチーフにしたのか不思議だったが、神話のエピソードを聞いた瞬間、心臓がどくんと大きな音を立てた。

引き裂かれた男女――それはエセルバートとアーシェリアを指しているのだろうか。

これまで冷たい態度を取られてばかりいたけれど、本当は再会するのを楽しみにしてくれていた……？

ブローチを手に取ると、お腹の白い部分は角度を変えると七色に色彩が変わることに気が付いた。目の部分に埋め込まれている琥珀はアーシェリアのそれとよく似ている。

ずっと沈み気味だった心が急激に軽くなっていくのを感じる。アーシェリアはブローチを大事に小箱に戻し、静かに深呼吸を繰り返して逸る鼓動を宥めながらペンを取った。

――わたくしも、お会いできるのを心待ちにしております。

まだフーヴベルデの礼儀作法を完璧に憶えたとは言えない。だから今まではプレゼントに無難なお礼の文言ばかり書いてきたけれど、どうしてもこれだけは伝えておきたかった。

緊張で震える指先でしっかり封を施してから侍女に渡す。侍従は贈り物を運んできた銀のトレイでそれを受け取ると、恭しく一礼してから客間を後にした。

またもや素早く片付けられたテーブルには、アーシェリアが先ほどまで読んでいたマナーの教本が置かれている。その傍(かたわ)らに残された小箱を手に取り、もう一度じっくりと中身を眺めてみた。

「……わたくしが殿下の執務室へ伺ったら、やっぱり迷惑かしら」

輿入れの荷物の中には国王夫妻や王太子への贈り物も含まれていた。それらは目録と共にすでに渡されているが、アーシェリアが個人的に用意してきたものはまだ渡せずにいた。

こんな素敵なものをいただいたのだから是非ともお返しをしたい。できれば人を介さずに直接手渡して、自分がどれだけエセルバートに会いたかったかを伝えたかった。

「とんでもございません！　きっとお喜びになると思います」

「そうかしら……？」

フーヴベルデに行ったら、ずっと会えなかった分沢山話をしようと意気込んでいたものの、その期待は初日に見事に打ち砕かれた。

王妃を筆頭に王宮の誰もがフォローしてくれるのはとても有難く思っている。だが、あそこまで冷たい態度を取られ続けてしまうと、エセルバートはアーシェリアを単なる政略結婚の相手としか見ていない、それどころか気に入ってさえいないのだろうと結論づけるしかなかった。

だから自分も、これはありふれた政略結婚なのだと割り切ろうと決意しかけていたのに。

こんな意味深な品を贈られてしまうと、もしかしてと期待が湧き上がってくる。

でも、本当は待ち望んでくれていたのであれば、なぜあんな態度を取るのだろう。

不安を払拭しきれないアーシェリアを他所に、あれよあれよという間に訪問の手筈が整えられていく。やはりエセルバートは忙しく、会議や謁見でびっしりと予定が埋まっているらしい。だが、奇跡的にも今日の夕刻に空いている時間があり、そこを狙って訪問することになった。

お茶の時間が終わったら化粧直しを頼もうと思っていたが、侍女達はやけに張りきっていた。その程度で済ませるつもりはないらしく、「いただいたブローチを着けていきましょう！」と熱心に説得され、持参したドレスの中からブローチが映える、やや地味なものへとわざわざ着替えさせられた。

アーシェリアは大事に仕舞っておいた箱を取り出す。その中には、エセルバートに贈ろうと取り寄せた品々が収められていた。

「どれにしようかしら……」

「アーシェリア様からの贈り物でしたら、殿下はどんなものでもお喜びになると思いますよ」

一つずつ取り出しながら吟味する姿を侍女達がにこやかに見守っている。気遣いに溢れた言葉が嬉しい。今度こそは会話が弾むかもしれない。その光景を想像しただけで心臓がどくどくと大きな音を立てはじめた。

「あ……これがいいわ！」

アーシェリアが手にしたのは、受け取ったものと同じサイズの箱。そっと開くと大粒の黒真珠が静かな光を放っていた。

「タイピンですか。これは見事な真珠でございますね」

「えぇ。王家に献上されたものをお父様から譲っていただいたの」

大粒だが上品な色合いなので、正装していない時でも気軽に使ってもらえるだろう。侍女が用意してくれた琥珀色のリボンでラッピングし、アーシェリアは意気揚々と客間を後にした。

訪問の許可を取っていたお陰か、各所に控える警備兵はにこやかに通してくれる。いよいよこの先の角を曲がればエセルバートの執務室だ。

ところが、期待と緊張で胸を高鳴らせるアーシェリアの耳に不穏な音が届いた。

「……なにかあったのかしら」

どこかで大きなものが倒れたらしく、悲鳴まで上がっている。廊下にいた護衛の騎士達が瞬時に身構えると周囲を素早く警戒しはじめた。

「王女殿下、こちらでお待ちください。状況を確認してまいります」

先導していた騎士が厳しい表情で告げる。アーシェリアが頷くと同時に音のした方へと慎重な足取りで向かっていった。

侍女と共に騎士に取り囲まれたまま、そっとスカートの裾を持ち上げる。さすがに王宮では帯剣していないものの、アーシェリアは体術も嗜んでいる。自分の身を護れる程度のことはできるかもしれないし、いざとなれば加勢するつもりで身構えた。

緊迫した空気を破ったのは、廊下を曲がって駆けてくる若き宰相の姿だった。

「王女殿下、お騒がせいたしました！」

ブラッドリーの後ろには様子を見に行った騎士が続いている。先ほどの緊迫した様子から一変し、なぜか引き攣った笑みを浮かべていた。

「申し訳ありません。ちょっとしたトラブルがありまして……」

「それでしたら、日を改めたほうがよさそうですね」

宰相が慌てるほどの「なにか」が起こったのなら引き返すしかなさそうだ。内心でがっかりしていると、ブラッドリーがさっと表情を強張らせた。

「いえいえいえいえ！　まったく問題ありません!!」

「そう、ですか？」

トラブルの最中にのんきに婚約者を訪問するなど、迷惑なことをして嫌われるわけにはいかない。だが、宰相はにわかに焦りだし、「どうぞこちらへ」と王太子の執務室の方向を素早く手で指し示した。

戸惑いながら廊下を曲がると、先ほどとは打って変わって静まり返っていた。まるでなにも起こっていなかったような静寂がむしろ怪しい。警戒するアーシェリアの視線の先で、ブラッドリーが突き当たりにある大きな扉をノックした。

「アーシェリア王女殿下がお越しになりました」

返事を待たずに把手を摑んだのには内心ぎょっとしたが、そこは幼馴染という間柄のせいなのかもしれない。緊張と鼓動が高まってくる。アーシェリアは静かに大きく息を吸うと、エセルバートの執務室へと足を一歩踏み入れた。

王太子が日々政務に勤しんでいる場所は想像以上に広い。だが、壁の大半は中身がぎっしり詰まった本棚で埋まっていて威圧感があった。それを背にする形で左右に二つずつ並んだ机には書類が山積みになっている。それぞれの脇に文官が立っているので彼らが使っているのだろう。仕事とはいえ、エセルバートと同じ空間にいられるのが少し羨ましくなってきた。

そんなアーシェリアの気持ちを知ってか知らずか、出迎えてくれた彼らの顔には疲れの色がはっきりと見て取れる。

「お忙しいところ失礼いたします」

「…………あぁ」

部屋の主は壁に大きく取られた窓を背にして座っていた。文官達が使っているものの倍はあろうかという机の上は妙にすっきりとしている。フーヴベルデの王太子といえば切れ者で有名なのだ。きっと文官が四人がかりでも捌ききれないほど仕事が速いのだろう。

逆光になっているせいでエセルバートの表情がよく見えない。だが、書類を手にしているところから察するに、きっとこちらを見ていないのだろう。思わせぶりなブローチを贈っておいて、ここまであからさまに迷惑そうな態度を取られるなんて。期待なんか抱いた自分が滑稽(こっけい)に思え、すうっと心と身体が冷えていく。

「いつも素敵な贈り物をいただいておりますので、そのお礼に伺いました」

それでも微笑みを崩さず、侍女に預けていた小箱を手に取った。

優雅さを忘れてはいけない。淑女教育で習った通り、歩幅は小さめにゆっくりと、だが滑るように進む。細心の注意を払いながらエセルバートの執務机へと近付いた。だけど、机を挟んで正面に立ったというのに、エセルバートは相変わらず書類に目を落とし、無言を貫いていた。

優雅でありながら実務的な空間に緊張が走る。これ以上粘ったら雰囲気が悪化するのは火を見るよりも明らかだ。根負けしたアーシェリアは彼の反応を待たずに机にそっと箱を置いた。

次の瞬間——書類を持つ指に力が籠められたのを視界の端で捉える。

もしかして無礼だっただろうか。内心で焦っていると小さな咳払いが聞こえてきた。

「殿下に代わって御礼申し上げます。差し支えなければ、中身をお伺いしてもよろしいでしょうか？」

ブラッドリーの助け舟によってようやく場の空気が和らいでいく。身を固くしていたアーシェリアはほっと肩の力を抜き、エセルバートの斜め後ろに立つ宰相へと笑顔を向けた。

「こちらはタイピンで、飾りにグリッツェンの海で獲れた黒真珠がついていますの」

「なるほど。グリッツェン産の真珠は素晴らしいと聞き及んでおります。見事な品なのは間違いありませんね」

「ありがとうございます……」

　ブラッドリーは一生懸命褒めてくれたが、実物を見てもいないのでその言葉は空々しく響いた。いっそ琥珀色のリボンを解いて披露してやろうかと思ったが、すでにエセルバートに渡ったもの。触れるのはマナー違反だとぐっと堪えた。

　少しだけ和んだ執務室にかさり、と紙が擦(こす)れる音が響く。ようやくひと区切りついたのだろうか、手にした書類を机に置いてからエセルバートがゆっくりと顔を上げた。その視線はアーシェリア胸のあたりで留まっている。カササギのブローチを着けてきたことに気が付いてくれただろうか。

　だが彼はなにも言わず、アーシェリアの顔に向けられた美貌(びぼう)には相変わらず険しさを乗せていた。

「婚儀の準備で忙しいというのに、わざわざすまなかったな」

　よく通る声は向けられた眼差しと同じく冷ややかだった。そこに籠められた静かな拒絶に、いよいよ笑顔の仮面にもひびが入りはじめる。

「いいえ……」

――ただ、エセルバート様がどんな場所で仕事をしているのかを見てみたかったんです。

続けようとした言葉は舌に乗せた途端にしゅわりと消えてしまった。

あぁ、もう限界かもしれない。アーシェリアは素早く簡易礼を取った。

「それでは、わたくしは失礼いたします」

スケジュールは一時間ほど空いていると聞いていたし、面会の許可も取っている。だから お茶くらいは一緒にできるかもしれないと思っていたのに。

これから夫となる相手の職場訪問は五分足らずで終わってしまった。優雅に見えるギリギリの速さで身体を反転させると、焦りと同情の眼差しが一斉に向けられる。

アーシェリアは唇を軽く引き結んでから彼らを安心させるように微笑んだ。

「皆さんも、仕事の邪魔をしてごめんなさい」

「とっ、とんでもないことでございます！」

最年長と思しき文官が焦った顔で否定してくれる。こんなに皆に迷惑をかけるのであれば今後は訪問を控えよう。そう心に決めて執務室を後にした。

「あっ………………」

廊下に出ると小さな驚きの声が背後で響く。振り返るとそこにはカートを押す侍女が二人、アーシェリア一行を見て戸惑った表情を浮かべている。載せられているのは大きな陶器のポットとティーセット、そして銀の蓋が被せられている皿は茶菓子だろうか。

ブラッドリーが気を利かせてくれたのかもしれないが、今更戻るのは難しい。現に扉の向こう側では早くもいくつもの足音と話し声が飛び交っていた。無駄にした時間を取り戻そうと早速仕事を再開したのだろう。

「せっかく用意してくれたのにごめんなさい」

「いいえっ！　どうぞお気になさらないでください」

「そうだわ、このままわたくしの部屋に運んでもらってもいいかしら？」

お茶やお菓子を無駄にするのは勿体(もったい)ない。アーシェリアの申し出に侍女はほっとしたように微笑むと「かしこまりました」と後をついてきた。

淡い期待を胸に進んできた廊下を、今度は落胆と共に戻る。

カササギのブローチを贈るように手配したのは、もしかするとエセルバートではないのかもしれない。本心では再会を喜んでくれているのかと期待したが、これほどまであからさまに拒否の態度を取られるとは思わなかった。単なる政略結婚だとしても、ほんの少しでも歩み寄る姿勢を見せてくれてもいいのに。

誰もこちらを見ていないのを確かめてからアーシェリアは静かに溜息をついた。

これ以上は余計な真似はせず、婚儀の準備に集中しよう。

そんな決意を固めた翌日、王太子付きの従者はいつものように小さな贈り物と、そして一通の書状を携えてやって来た。

書状を受け取ってから二日後、朝食を済ませたアーシェリアは身支度に追われていた。

「お履物はいかがいたしましょう」

「ヒールが低めで、歩きやすいものがいいわ」

侍女達はそれを聞くなり手早く候補を並べてくれる。今日のワンピースは明るいグリーン。靴は同じ系統の色で揃えたほうがいいだろうか。いや、ここは敢えてオレンジや赤にしてみる？　悩んでいるうちに約束の時間が迫ってきた。もちろんドレスにはカササギのブローチを着けている。もしかすると、エセルバートも黒真珠のタイピンを着けてきてくれるかもしれないと密かに期待していた。

「じゃあ……これにするわ」

飴色のブーツを指差すとすぐさま足元に侍女が跪く。部屋履きが足から抜かれると間髪いれずにブーツを履かされ、手早く紐が結ばれていった。

「きつくはございませんか？」

「大丈夫よ、ありがとう」

今日のワンピースは丈が短めなのでブーツを選んで正解だ。アーシェリアは姿見で装いを確認してから待ち合わせ場所に向かった。

これからフーヴベルデの王太子が自ら宮殿を案内してくれるのだ。

三日前に初めて婚約者の仕事場を訪問したが、ものの見事に邪険に扱われてしまった。余計な真似をしてはいけないと反省し、言われたことだけを大人しくこなしていこうと思っていた矢先――王宮の建物を案内する、という手紙が届けられたのだ。

二日後の十時にエントランスホールで待っている、と書かれた文字をたっぷり五回は見直してからアーシェリアはようやく内容を理解できた。

約束は忘れられていなかった！　と喜んだのも束の間、もしかするとただ単純に案内が必要だと思っただけなのかもしれないと思い直す。

だが、その場合はわざわざ王太子が自ら出向く必要はないはず。子供の頃のような関係を期待するのはやめようと決意したばかりなのに、こうやって誘われてしまうと、やっぱり心が弾んでしまう。

待ち合わせたエントランスホールには指定された時間より前に着いた。だが、そこにはすでに王太子一行の姿があった。アーシェリアが急いで向かうと、美しい貌に乗せられた険しさが増した気がする。

「申し訳ありません。お待たせいたしました」

「……いや、気にしなくていい」

礼儀として謝罪を口にしたものの、エセルバートは相変わらず不機嫌そうな表情のままだった。そして、贈ったタイピンは着けてくれなかったようだ。

「そのドレスは……」

アーシェリアの方へ視線を向けてくれたものの、顔から胸のあたりにくるなり素早く逸らされてしまう。その額にはうっすら汗が滲んでいるように見えた。

今日の装いはグリッツェンではごく一般的な襟ぐりが大きく開いたデザイン。このドレスがなにか問題があるのだろうか。丈は短めで散歩に適しているものの、カジュアルすぎる格好でもないはず。

エセルバートの反応に戸惑うアーシェリアへすっと手が差し伸べられた。

「行こうか」

「……はい、よろしくお願いいたします」

黒い革手袋に包まれた手にそっと自分のものを重ねる。手袋越しに伝わってくる弾力に心臓がにわかにうるさくなってきた。だが、自分ばかりが照れていても悲しいだけだ。努めてすました顔のまま、エセルバートに導かれてエントランスを横切る。そして客間とは逆方向の廊下を歩きはじめた。

預けた手は少し痛みを覚えるほどしっかりと摑まれている。アーシェリアは速めの歩調に後れを取らないよう気を付けながら、繊細な装飾の施された柱の間を進んだ。

「この宮殿は主にシルワ暦百二十四年あたりに建てられたもので構成されている。その時代にフーヴベルデでは典型的なトレリチア様式が採用され、後の時代に増改築がされていき百四十六年に今の状態になった。建築するにあたってブラン・パウリとアーサー・ファン・ボーアという二人の建築家が協力している」

「えっ」

突如としてはじまった説明に思わず小さく声を漏らす。だが、エセルバートはこちらを見ることなく、トレリチア様式の特徴について空いている右手で天井や柱を指差しながらまくしたてるように説明をはじめた。

まるで建築の本を読み上げているかのような内容は淡々と、そして早口で語られるせいでまったく頭に入ってこない。だが、エセルバートはアーシェリアが理解しているかどうかなど気にした様子はなく、ひと通りの説明を終えるとさっさと歩き出してしまった。

「元々の宮殿はここより西にあるヴィダル山の中腹にあったのだが、百六年に大規模な土砂崩れが起こって敷地の三分の一が土砂に埋まった。それで地盤のより安定したこの地へと宮殿の移転が決まったんだ」

「あの……」

「なお旧宮殿は修繕と改築の後に図書館と美術館になっている」

まるでアーシェリアの質問を遮るように言葉が被せられた。その後には美術館の主な収蔵品についての説明が続く。

この場にブラッドリーがいたら、もっとゆっくり説明するよう進言してくれていただろう。だが彼もまた宰相という忙しい立場にある。代わりに侍従長が付き添ってはいるが、アーシェリアへ申し訳なさそうな眼差しを向けてくるだけだった。

会議場やパーティー用のホールの周辺をひと通り歩き、今度はエントランスの反対側へと向かう。歩きながらもエセルバートの説明は止まらず、アーシェリアはただ黙って低い声で紡がれるフーヴベルデの建築に関する歴史に耳を傾けていた。

宮殿に四つある中庭のうち「緑の庭」と名付けられた場所に差しかかる。これまで案内された「赤の庭」や「青の庭」と同様、その色の木花によって彩られていた。

「この先にある王族専用の棟は、私の曽祖父にあたる第十七代国王パトリスの妃、リーズベットの提案によって増築された。ここには彼女の故郷であるヌヴェール王国の意匠が盛り込まれている」

ヌヴェール王国は同じ大陸にあるフーヴベルデの友好国の一つだ。二国の交流は建国時代にまで遡り、今も最も大きな交易相手だと聞いている。グリッツェンとはまったく国交のない国なのでアーシェリアの目にはとても新鮮に映った。

そういえば初めてこの王宮に来た時、謁見の間までエスコートしてくれたブラッドリーが「先々代の王妃」について話していたっけ。一人で静かに納得しながら、残る「黄色の庭」の周辺へと急ぎ足で向かった。

王太子によるフーヴベルデ王宮案内が終わったのは、開始から三時間後だった。護衛や従者達も皆一様に疲れきった顔をしているが、一度も休憩がなかったのだから無理もない。体力にはそれなりに自信のあるアーシェリアですら、ベッドに飛び込んだらすぐさま意識を失う確信があった。

そんな中で唯一、エセルバートだけはまったく変化が見られない。エントランスで会った時と同じく険しい表情のままだった。

ここにきてようやく繋いでいた右手が解放される。ずっときつく握られていたせいで指先から感覚が失われていたが、血流が戻ってきたお陰でぴりぴりと痺れはじめた。

しかし、ブーツを選んだのは本当にいい選択だった。宮殿内を歩くだけだと高を括り、ハイヒールを選んでいたらどうなっていたか、想像するだけで恐ろしい。アーシェリアは右手にいつもより力を入れてスカートを摘まみ、すっと腰を落として淑女の礼を取った。

「本日は、宮殿を案内いただきありがとうございました」

「感謝されるいわれはない。私はただ、約束を果たしたまでだ」

素っ気ない返事の中にあった言葉に思わずぴくりと肩を揺らす。

あの時のことはちゃんと憶えてくれていたらしい。きっと真面目な人だから、気に入らない政略結婚の相手だとしても、約束は守らないといけないと思ったのかもしれない。精一杯の感謝を籠めてにこりと微笑むと、翠（みどり）の瞳がすっと逸らされた。

「エセルバート殿下、そろそろお時間が……」

侍従長が遠慮がちに話しかけると険しい顔が更に不機嫌になる。どうやら彼は休む暇もなく公務へ向かうらしい。多忙な王太子を三時間も拘束（こうそく）してしまったことを申し訳なく思いながら佇（たたず）んでいると、再び視線がこちらに向けられた。

「部屋まで送れなくてすまない」

「いえっ、どうかお気になさらないでください」

なんと、エセルバートは部屋までエスコートするつもりだったらしい。驚きのあまり声が跳ねてしまった。慌てて口を噤み、目を伏せたアーシェリアへ鋭い眼差しが向けられているのを感じる。はしたない真似をしたと謝罪した方がいいだろうか。迷っているうちにかつんと硬い音が耳に届いた。

こちらに背を向けてエセルバートが去っていく。優美ながらも威厳に満ち溢（あふ）れた姿はまさに「完璧王子」という名に相応（ふさわ）しい。一つにまとめた金の髪が揺れる様をしばし眺め、アーシェリアもまた背を向けて歩き出した。

歩きっぱなしで喉はカラカラだし、なんならお腹も空いている。だが、すぐにでも横になって休みたい。そんな満身創痍（まんしんそうい）な状態ではあるが、多忙なエセルバートがわざわざアーシェリアのために時間を割（さ）いてくれたのが嬉しかった。それに部屋までエスコートしてくれるつもりだったなんて。一貫性のない態度に戸惑うが、もしかしたらエセルバートはアーシェリアをそこまで毛嫌いしていないのではと嬉しくなる。

「…………あっ！」

そんなことを考えて口元を緩ませながら「青の庭」の横を歩いていると、あることを思い出して足を止めた。騎士や付き添いの侍女が一斉にこちらへ視線を向ける。

「どうかなさいましたか？」

アーシェリアは決まり悪そうにワンピースのポケットへと手を入れ、小さな革の袋を取り出した。

「案内のお礼を用意していたのだけど、お渡しするのを忘れてしまったの」

グリッツェンの海には多くの珊瑚が生息している。王家への献上品の中に目の覚めるような鮮やかな赤味を持つものを見つけ、球状に加工して髪紐の飾りにした。きっとこの色はエセルバートの金髪に映えるはず。そう意気込んで持参したというのに、疲れきった頭から見事に抜け落ちてしまった。

「左様でしたか。……庭を横切れば王太子殿下に追いつけるかもしれませんが、いかがいたしましょうか」

「本当に？　案内をお願いできるかしら」

あとでお礼状と共に贈るのもいいが、できれば手渡して、もう一度感謝の気持ちを伝えたい。アーシェリアがぱっと表情を明るくすると、先導していた騎士が微笑みながら「こちらへどうぞ」と手で指し示した。

「青の庭」はその名の通り、青系の植物で構成されている。多種多様な草花を飾れるのは、国土の大半が森林地帯であるフーヴベルデならではだろう。機会があれば庭をゆっくりと見て回りたいと思いながら、やや急ぎ足で通り抜けた。

「あぁ、いらっしゃいました」

アーチの反対側に見覚えのある姿を見つけ、先導してくれた騎士が安堵の混じった声を上げる。アーシェリアも髪紐を入れた袋を握りしめて静かに深呼吸した。

「あの…………」

だが、アーチの隙間から見えた光景に、続く言葉を咄嗟に喉へと引き戻した。

エセルバートは隣に並んだ文官の話を聞きつつ、足早に執務室へと向かっているようだった。革手袋を脱いで侍従長に預けると、差し出された布で手をしきりに拭っていた。美しい横顔からは一切の感情が消え去っている。不快なものを触ってしまったと言わんばかりの仕草を目の当たりにして、アーシェリアは青い草花の中で立ち尽くした。

「お、王女殿下……？」

どれくらいそうしていたのだろう。恐る恐るといった様子でかけられた声で我に返ると、すでにエセルバート達の姿は声の届かない距離まで遠ざかっていた。騎士や侍女がフォローしようと言葉を探しているのに気付き、アーシェリアは大急ぎでにこりと微笑んだ。

「せっかく案内してくれたのにごめんなさい。戻りましょう」

「はい……承知いたしました」

きっと彼らにもエセルバートがなにをしていたのか、しっかりと見えていたに違いない。そして――あの行動の意図も正しく理解してたはず。

アーシェリアの胸にじわじわと後悔の念が広がっていった。またやってしまった。どうして大人しく部屋に戻らなかったのだろう。無理に追いかけたりしなければ、現実を知らずに済んだのに。

きっともう、「天使様」はいなくなってしまったんだ。

エセルバートにかつての彼を重ねるのはやめよう。

まだ指先に痺れの残る右手をぎゅっと握りしめ、アーシェリアは自分にそう言い聞かせた。

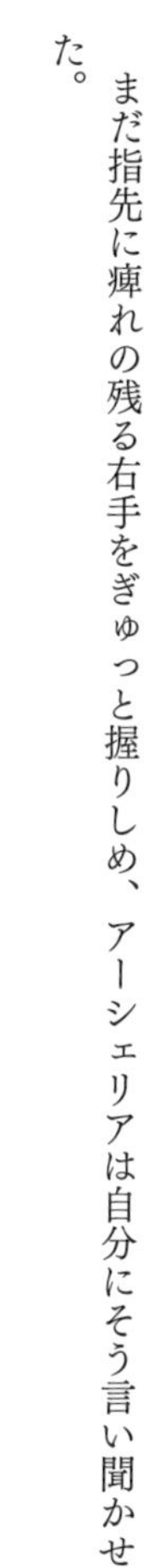

遂に、この日が来てしまった――。

アーシェリアは灯りの絞られた部屋で一人、ソファーに座って身を固くしている。これまで過ごしてきた客間とは明らかに部屋の雰囲気が異なっていた。

本日、フーヴベルデ王国の王太子とグリッツェン王国の第一王女の婚儀が無事に執り行われた。グリッツェン側からの参列者はたった一人、アーシェリアの従兄にあたる外交を担当する大使だけだった。

その彼がアーシェリアの付添人となり、山頂に建てられた教会で儀式は滞りなく進められた。最大の懸念事項だった誓いの言葉を淀みなく諳(そら)んじられたのは我ながら頑張った、と自負している。

フーヴベルデには婚儀の後に披露パーティーを催す風習がない。代わりに高位貴族の謁見を受け、祝いの言葉を受けて顔見せをするのだという。その場でできる限り彼らの顔を憶えてください、と教育係の女官に言われていた。

だが、早朝からの身支度と始終緊張していた婚儀の後にそんな気力も体力も残っていない。結局はほんの数名、特徴的な容姿をしている者が記憶の隅っこに引っ掛かっているだけだった。

謁見を終え、ふらふらになりながらアーシェリアは王族専用の棟へと案内された。

最上階である三階が国王夫妻の居住空間で、王太子夫妻は二階、そしてその他の王族が一階に部屋を割り当てられる、とエセルバートが王宮を案内してくれた時に言っていたのを思い出す。

　二階へ上がり、これから暮らす居室に少々緊張しながら足を踏み入れた。王太子妃のために用意された部屋の内装はアーシェリアの好みに驚くほどぴったりだった。しかもそれらはすべて、夫となったエセルバートが調えたというではないか。部屋の中をゆっくり見て回りたかったが、花嫁にそんな余裕などあるはずがない。

　すぐさま軽食をとって入浴し、侍女達に頭のてっぺんから足の先まで丹念に磨き上げられた。そして扉で仕切られた、続き間となっている夫婦の寝室へと案内された。

　赤々と燃える暖炉の前にはささやかな酒席が調えられている。初めて見る酒瓶が並んでいるので試してみようかという誘惑に駆られる。だが、これから重要な儀式を控えている身なのだ。酔っぱらうわけにはいかないし、それ以前にこの状態でお酒を飲んだら確実に眠ってしまうだろう。

　アーシェリアは仕方なく水差しを取り、目の前にあったグラスに半分ほど注いだ。

「わぁ……繊細で綺麗」

　ようやく人心地がつき、周囲を見回す余裕が出てきたらしい。これが先々代の王妃の故国のデザインなのかと天井の彫刻をじっくりと眺めた。ヌヴェールもまたフーヴベルデと同じく緑豊かな土地で、高名な学者や詩人を多く輩出している。

　そういえばヌヴェールにもアーシェリアと同年代の王女がいたはず。それにかつてからの友好国なのだから縁談が持ち込まれはしなかったのだろうか。それ以前にこれまでエセルバートに婚約者がいなかったのが不思議でならない。

あれこれ考えてはみたものの、エセルバートとアーシェリアの婚姻は成立してしまったのだ。今更考えるだけ無駄だろうと溜息を零した。

「遅いなぁ……」

エセルバートの私室はこの部屋を挟んでアーシェリアの私室の反対側にあり、初夜や房事の際のみこの場所で共に一夜を過ごすのだが、肝心の花婿は未だに姿を見せる気配がなかった。

花嫁の方が準備に時間がかかるのが普通だと思っていたが、フーヴベルデでは違うのだろうか。それともなにか問題が起こった可能性も捨てきれない。

もしかして、来たくないとか――？

嫌な想像が脳裏をよぎり、アーシェリアはふるりと頭を振る。その拍子に緩く編んだ髪が胸元を軽く叩いた。

ガウンの下に着ているのは、今夜のためだけに用意されたネグリジェ。薄いレースをいくつも重ね、ところどころに小さなクリスタルが散りばめられている。引っ掛けて破いてしまわないかひやひやしながら身に纏うと、手伝ってくれた侍女達はしきりに「お似合いです」と褒め称えてくれた。

花婿の目を愉しませ、初夜を盛り上げる装いだというのに、見せる相手が来ないのであればなんの意味もない。一体いつまで待てばいいのだろう。もし来られない事情があるのなら日を改めてくれないだろうか。いよいよ限界を迎え、アーシェリアはソファーに深く身を預けた。

重くなってきた瞼を持ち上げようと頑張ったものの、視界が闇に染まると同時に意識が深い場所へと沈んでいった。

王太子の部屋へ続く扉が細く開かれ、様子を窺われているなど、眠りに落ちたアーシェリアは知るよしもなかった。

身体が浮き上がるような感覚にアーシェリアは目を覚ました。ぼやけてはいるものの、目に映る景色がゆっくりと動いているのがわかる。

（私……運ばれてる……？）

鼻先をかすめる甘い香り、そして慣れない浮遊感に戸惑っているうちにぽすんと背中から柔らかな場所へと着地した。

「…………あ」

吐息交じりの声を上げたアーシェリアの頬を金の髪が撫でる。こちらを見下ろす眼差しに気付いた瞬間、切れ長の瞳が細められた。

「アーシェ……」

薄めの形のいい唇から紡がれるのは、砂糖菓子を連想させるような甘く柔らかな声。愛称を呼ばれ、心臓がどくりと大きく跳ねた。

これまで冷ややかで怒ったような顔しか見せてくれなかったエセルバートが優しく微笑みかけている。まるで愛おしいものに触れるかのような手付きで頬を撫でられ、目尻にじわりと熱いものが浮かんできた。

「エセルバートで……んっ」

名を呼ぼうとした唇が柔らかなもので塞がれる。至近距離で金の睫毛が伏せられ、男性とは思えないほどの長さに目を奪われた。

キス——されてる。

遅ればせながら、アーシェリアはようやく己の身に起こっていることに気が付いた。フーヴベルデ式の婚儀に誓いのキスはなく、腕輪をお互いに着けるだけ。そして、婚姻証明書にサインをすることで夫婦として認められるのだ。

まだグリッツェンにいた頃にこの婚儀の流れを教わった際、ロマンチックさに欠けるとがっかりした。だが、二人きりの空間ですべてが「初めて」なのも悪くない。二人きりになれたら思い出話でもできればいいな、と考えていたのを思い出して涙が出そうになった。

強く押し付けられていた唇が離れて今度はちゅっと吸い付かれた。息継ぎをするタイミングを失い、空気を求めて薄く開くと、隙間からぬるりとしたものと共に液体が入り込んでくる。

「ふぁっ……ん、ん……っ」

酒精の気配を感じ、ようやく甘い匂いの正体に気付いた。これはフーヴベルデで婚礼の席で供される薬草酒。甘い飲み口とは裏腹にとても強い酒なので気を付けるように、と教えられたのを憶えている。

アーシェリアはほんの少し飲んだだけでお腹がポカポカしてきたので、これ以上は危険だと止めてしまった。だが、エセルバートはこんなに匂いが残るほど飲んだのであれば、もしかして酔っているのかもしれない。

流し込まれた酒の残滓が喉を焼き、アーシェリアの身体に小さな火を灯した。反射的に伸ばした腕で彼の肩を押したのは、突如として深い口付けを与えられたせい。だが、その腕は、指を搦めるようにして繋がれた手によってあえなくシーツへと押し付けられた。

「で、ん……か………」

ようやく解放された唇は何度も吸い付かれて熱を持っている。じんじんと痺れる感覚のせいでうまく動かせない。それでも必死に紡いだ呼びかけはひどくたどたどしく聞こえた。

「アーシェ……可愛い」

「あっ、んんん……っ！」

幼子のような口調に、目元に朱を刷いた美貌がふにゃりと蕩ける。アーシェリアの口端から零れ落ちたものを舐め取った舌先がそのまま首筋へと滑り落とされた。

ぬるぬるとした感触に嫌悪感ではなく疼きを覚えてしまうのはどうしてなのか、アーシェリア自身にもわからない。ただ一つだけ言えるのは、ずっと恋焦がれていた相手でなければこんなふうにはならないはずということ。

婚儀に臨んだエセルバートは相変わらず冷ややかな態度だった。いや、いつも以上に険しい顔をしていたのはきっと気のせいではない。それでも今日をもって正式に夫婦となったのだ。話す機会も増えるだろうし、政略結婚でも少しずつ距離を縮めていけばいい。

そんな決意を胸に初夜を迎えたというのに、この展開はあまりにも予想外すぎた。

普段、本当の意味で二人きりになれる機会はそう多くない。だからこそ、これまでは口にできなかった十年前の話をしようと考えていた。それなのに、用意しておいた質問や話題など遥か彼方に吹っ飛んでしまい、アーシェリアはただ夫から与えられる刺激に翻弄されるばかりだった。

「はぁ……中を、見せて」

「でん、か……あの……っ、ひゃっ！」

恍惚の表情を浮かべながらエセルバートが呟く。身体の稜線を辿っていた手がガウンの腰紐に掛かるなりするりと解かれた。初夜の装いが夫の眼前に晒され、アーシェリアは咄嗟にきつく目を閉じた。

もっと生地が薄くて胸元が大きく開けられた煽情的な衣装もあったが、恥ずかしくてとても選べなかった。でも、気に入られていない身としては、夫を誘惑するにはあれくらいの大胆さが必要だったのかもしれないと待ちながら反省していたのだ。

エセルバートはがっかりしていないだろうか。恐る恐る目を開けると、見上げた先には蕩けるような笑みが浮かんでいた。

「可愛い……どうしてアーシェはこんなに可愛いのかな」

「そんなこと、は……」

「あぁ、可愛すぎて頭がおかしくなりそうだ……！」

うっとりとした眼差しで呟くエセルバートは未だにガウンをしっかりと着ている。中はなにを着ているのだろうと考えているうちにきつく抱きしめられた。呼吸がうまくできなくてもぞもぞと身を捩ると、耳殻を柔く食まれ「逃げないで」と甘く低い声で命じられた。

この人は——誰？

姿形はエセルバートと瓜二つ。だけど十年ぶりに会った彼はアーシェリアを愛称で呼んだり、ましてや微笑みなんか見せてくれるはずがない。

もしかして、これは夢なのだろうか。婚儀の準備を頑張ったから神様がご褒美をくれたのかもしれない。夢にしてはあまりにもリアルだな、と思いながら至近距離にある美貌をじっと見つめた。

「脱がせるのが勿体ないな……」

「やっ、あ……っ、んん…………っ！」

薄い生地越しに胸の膨らみがやんわりと掴み上げられる。指が沈むと縫い付けられたクリスタルが食い込んで小さな痛みが走った。だがそれがまた疼きを加速させる材料になり、アーシェリアは堪らず身をくねらせる。

眼前で綺麗な指がぐにぐにと膨らみを揉みしだき、見慣れているはずものが卑猥な形へと変えられる。羞恥に必死で耐える頬に柔らかな唇が押し当てられた。

「恥ずかしがっているアーシェも可愛い……」

「あ、あの……っ、もう……ひゃんっ！」

恥ずかしさでどうにかなってしまいそうだ。金の輝きに包まれた頭がすっと下がったかと思うと、更なる未知の感覚が襲いかかってきた。

じゅ、という音と共に胸の頂が濡れた感触に包まれる。純白のレースが張り付き、硬く尖った輪郭がくっきりと見える様に、熱が一気に頬へと上ってきた。

「お、おやめくださいっ！」

「どうして？　こんなに美味しそうな形になっているのに」

エセルバートは歌うように告げると薄い唇から舌を伸ばして舐め上げる。間髪いれずにぱくりと食まれ、舌先で内側に押し込まれた途端に鋭い快楽が全身を駆け抜けた。

「やっ……あんっ………でん、か……っ！」

レースの濡れた感触が徐々に広がっていき、形だけでなく色までわかるようになっている。その仕上がりに満足したのか、エセルバートの頭がすかさずもう一方へと移動した。これ以上されたら頭がおかしくなってしまう。アーシェリアはなんとか離れようと奮闘したものの、先端を噛まれた衝撃であえなく失敗に終わった。

ようやく解放された胸には布地が張り付き、形に添ってクリスタルが煌めいている。

ぐっしょりと濡れたレースと相俟って、可愛らしかった装いが淫靡なものへと変えられてしまった。

「こんなに真っ赤になって……可愛い」

「ん……っ」

　ようやく身を起こしたエセルバートが嬉しそうに頬を撫でる。耳をくすぐってから首の横を滑った指が胸元を留めているリボンを摘まんだ。息を乱したアーシェリアが解こうとする手を摑んだが、手の甲に押し付けられた唇によって動きを封じられる。小さな衣擦れの音と共にリボンが解かれ、遂に素肌が晒されてしまった。

　薄布を取り払うその目には愉悦の光が宿っている。微笑みながら食い入るように見つめられ、腰のあたりがぞくりと震えた。

　恥ずかしくて堪らないというのに、なぜかもっと見てほしいとも思ってしまう。覆うものがなくなった身体を隅々まで観察されているうちに、お腹の奥から熱いものがこみ上げてくるのを感じた。

「全部脱いでしまおうね。腕を上げてごらん？」

「は、い……」

　上半身を起こされたアーシェリアは素直に従う。袖を抜かれた腕を首に回すように命じられ、促されるまま膝立ちになると裸の胸をエセルバートへと押し付けた。耳元で「いい子だね」と囁かれ、それだけで涙が出るほど嬉しくなる。

「私がいいと言うまでこのままでいて」

甘く囁いた唇がアーシェリアのものに重ねられる。上下の境目を舌先で舐められると膝から力が抜けそうになった。だが、まだエセルバートから許しが出ていない。腕だけで必死にしがみ付き、大好きな人との口付けに没頭しているアーシェリアの耳に衣擦れの音が届いた。

「アーシェ、もういいよ。よく頑張ったね」

「はい……すごく、頑張りました」

輿入れの準備もマナーレッスンも、そしてフーヴベルデの王太子妃になるための勉強も。何度も挫けそうになったけど、エセルバートの妻になれるならと歯を食いしばって必死で耐えたのだ。

だからもっと褒めてほしい。そんな想いと共に身体を寄せると、まるでそれが伝わったかのようにきつく抱きしめられた。

「……ずっと、この日を待ちわびていた」

エセルバートもまた、アーシェリアと同じように一糸纏わぬ姿になっている。いつの間に、と驚く裸の胸にどくどくと激しい鼓動が伝わってきた。隔てるものがなくなったせいで夫をより身近に感じられるのが嬉しくて堪らない。自分とは明らかに違う作りの身体へ更に身を寄せると、太腿のあたりを熱く硬いものが掠めていった。

背に触れていた手がゆっくりと下りていく。掌全体を使って感触を確かめるような仕草にアーシェリアは小さく身を震わせた。腰の窪(くぼ)みを指先で撫でてから、その先にある双丘をやんわりと摑まれる。

「やっ……あっ、んんん……っ！」

「いい声。もっと聞かせて」

エセルバートは嬉しそうに囁くと尻のまろみをするすると撫でまわしてくる。胸よりも張りのある場所の感触を楽しむように弄ばれ、アーシェリアは声を抑える余裕を失っていた。だが、必死で巻き付けていた腕が限界を迎えそうになっている。その気配を察したのか、抱きしめられたままベッドに倒された。

もういいと言われたが、アーシェリアはまだ離れたくない。もう一度腕に力を入れ直すと眼前にある新緑を思わせる瞳がふっと細められた。緩く弧を描いた唇が重ねられると頭の中心に痺れが走る。

「んっ……ふ、あ……っ！　なん、で……すか……っ!?」

手が内腿を撫でる。そのまま脚の付け根に潜り込んできた指先がアーシェリアの敏感な粒に触れた。表面を撫でるような、ごく柔らかなタッチだというのに腰が大袈裟なほど跳ね上がる。

「アーシェはここを触られるのが好きなんだね。……可愛い」

「やっ、ちがっ……まっ、て……………く、だっ…………きゃあっ！」

指先でノックされるような仕草に腰と声が跳ねる。自分の身体がこんなふうに制御できないのは初めてで、アーシェリアの中に混乱と恐怖が湧き上がってきた。

「沢山感じて、気持ちよくなってね」

「きもち、よく……？」

「そうだよ。こうすると……私を受け入れられるようになるんだ」

今度はくるくると円を描くように撫でられる。軽く押し潰された途端、弄ばれている場所の少し下からとろりとしたものが溢れてきた。それを待ちかねていたかのように指先で掬われ、溢れてきた秘壺の入口へと塗り付けられる。

早く受け入れられるようになりたい。必死で耐えるアーシェリアの身体に更なる刺激が与えられた。

「きゃうっ！」

十分に潤った場所へと指が挿し入れられ、浅い場所をくすぐってくる。粘度を感じさせる水音がやけにいやらしく聞こえ、更なる熱を連れてきた。

「もう少し、奥に入れるね……あぁ、すごく熱いよ」

指がより深い場所へと沈められていく。エセルバートがうっとりとした声で囁くなり内側がきゅっと引き絞られた。きっとそれを指で感じたのか、涙の浮かんだ目尻に唇が押し当てられる。

「アーシェ、痛くない？」

「は……い」

違和感はあるけれど痛みはない。目尻に触れたままの唇が「よかった」と囁くと同時に指がゆっくりと入口へと戻っていった。安堵したのも束の間、再びじゅぷりと音を立てて指が沈められていく。

抜き差しが何度も繰り返されるうちに馴染んできたらしい。いつの間にか指が増やされ、行き来する指のスピードが速くなってきた。それでも十分に潤ったアーシェリアの内側は淫らな水音を立てながら刺激を享受する。

「こら、腰を浮かせてはいけないよ」

「で、も……っ、勝手、に…………っ、あぅ……っ！」

命令に従わなかった罰なのか、秘豆をぎゅっと押し潰された。刺激の強さに堪らず悲鳴に似た声が上がる。その拍子に力が抜けて腰がどさりと落下した。

きつく締め付けているせいで指の形がはっきりと感じられる。爪の一本一本まで綺麗に整えられたあのほっそりとした指が自分の内側を撫でている——そう思い至った途端にまたもや内側が窄まった。

「そろそろ大丈夫かな……」

エセルバートが独り言のように呟く。なにがと問うより先に左胸の頂がぱくりと食まれ、内側を撫でる指が更に速められる。

「やっ……！　待って、くださ…………っ！」

硬く尖った頂を噛み潰され、全身をいくつもの刺激が駆け巡る。さらさらとした金の髪が乱れるのも構わず、エセルバートはアーシェリアを追いつめていった。

「お願いです、どう、かっ……………きゃ、ああああ――――ッッ!!」

空いている指で秘豆を弾かれた瞬間――頭の中でぱちんとなにかが弾ける。視界いっぱいに火花が舞い、不思議な浮遊感に包まれた身体がベッドに沈んだ。

今のは一体、なに……？　目の前が霞みうまく呼吸ができない。この苦しさは訓練場を端から端まで全速力で走った後とよく似ている。ぼんやりと虚空に視線を彷徨わせていたアーシェリアの視界に綺麗な顔が映り込んできた。

「ちゃんと達したようだね。いい子」

「あ……これ、が………」

発した声はひどく掠れている。思わず噤んだ唇にちゅっと音を立てて吸い付かれ、くぐもった喘ぎを零した。どうしてこんなに可愛くない声ばかり出るんだろう。恥ずかしさでいっぱいになっていると頬に温かなものが添えられた。

「ごめんね……もう少しだけ頑張ってくれる？」

「はい。もちろん、です」

エセルバートのためならいくらでも頑張ってみせる。迷いなく答えると、すぐ傍にある美貌が「ありがとう」の言葉と共に蕩けそうな笑顔を浮かべた。

ずっと欲しかったものを惜しみなく与えられ、それだけで胸がいっぱいになってくる。目の奥が熱くなってくるのを感じていたアーシェリアの両膝が少し乱暴な手付きで左右に開かれた。

「本当にごめん。痛いだろうけど、できるだけゆっくりするから」

「…どうか、遠慮せずになさってください」

閨の作法については自国でちゃんと学んできた。破瓜の痛みは人それぞれではあるものの、避けては通れない道だと知っているし、耐える覚悟もできている。

身を起こしたエセルバートがぐっと腰を寄せ、しとどに濡れた場所へと己の分身を押し当ててきた。先端を含まされたそれは驚くほど熱くて硬い。まるで火に炙（あぶ）られた鉄の棒のようだと思っているうちに腰が進められた。

「あうっ……ん、はっ………」

指とは比べものにならない圧迫感に息が止まる。だが、アーシェリアが力んだままでは相手に苦痛を強いてしまうと教えられたのを思い出した。気遣ってくれるエセルバートに迷惑をかけたくない。必死で深呼吸を繰り返していると、更に奥へと肉杭が打ち込まれた。

「あぁ……堪らないな」

腰を摑んだエセルバートがうっとりとした声で呟き、少し戻しては進める動きを繰り返している。熱に浮かされたような眼差しでアーシェリアを見下ろし、より深い場所を目指す姿に我慢していた涙がはらはらと零れてきた。

「ア、アーシェ!?　ごめんっ、痛か……」

「違うんです！　その、嬉しくて……」

焦ったエセルバートが腰を引こうとするのを止めたくて、腰にある手に自分のものを重ねる。離れないでほしいという願いは伝わったらしく、細身ながら綺麗な筋肉に覆われた身体がゆっくりこちらへ傾いできた。

政略結婚ではあるものの、本当はエセルバートもアーシェリアと同じ気持ちなのだと信じて疑っていなかった。「天使様」が約束を果たしてくれたと信じていたからこそ、大嫌いなマナーレッスンや勉強も頑張れたのだ。

だが、再会した彼はアーシェリアを遠ざけるばかりで、嫌われているのではないかとも思っていた。

折れそうな心を叱咤して、ならば、夫婦となってから少しずつ距離を縮めるしかないと覚悟していたのに。

それがまさか、初夜からこれほどまでに優しく接してもらえるなんて——。

「はぁ……本当に可愛い」

耳元で甘く囁かれ、アーシェリアは目の前にある首へと抱きついた。その拍子に内側へ埋め込まれたものが大きくなる。ようやく慣れつつあったのに圧迫感が増し、我慢できずに身悶えた。

「やっ……おっきく、しない……でぇ……っ」

「ごめんね。でも、これはアーシェも悪いんだよ？」

エセルバートが宥めるように抱きしめてくれる。うっすらと汗を纏った素肌が吸い付く

ように重なり、その感触だけで内側が潤んでくるのを感じた。

　自分を嫌う相手とすぐに仲良くなれるはずがない。一緒に笑い合える日は随分と先になりそうだと諦めていたが、ずっとこんなふうに触れ合いたいと願っていたと気付いてしまった。

「もっと奥に入ってもいい？」

「どう、ぞ……」

　入口は限界まで広がっていて引き攣れたような痛みを覚える。これ以上押し込まれたら裂けてしまうかもしれないがそれでも構わない。強請るように巻き付けた腕に力を入れると、すかさず同じようにきつく抱きしめられた。

「……ありがとう」

　ゆっくりと、だがまったく引くことなく肉茎が埋め込まれていく。まるで身体を真っ二つに裂かれるかのようで、アーシェリアは唇をきつく噛みしめた。大丈夫、大好きな人のためにこれくらいの痛みは耐えてみせる。

　いつになったら楽になるのかがわからないことがこれほど怖いだなんて初めて知った。唇と同じようにきつく閉じられた瞼の間から涙がぽろりと零れ落ちる。次の瞬間、お腹の奥をこつんと突かれて息を呑んだ。

　恐る恐る目を開けると息を乱したエセルバートが艶やかに微笑んでいる。薄い唇が目尻に残った雫を優しく吸い取った。

「……っ、全部……入ったよ」

「ほんと、ですか……？」

やっと終わった……。アーシェリアは安堵のあまり、ふにゃりと気の抜けた笑みを浮かべる。エセルバートは笑みを深めると額に軽やかなキスを落とした。まるでご褒美を与えられたような気分だ。

「あっ……ん、んん……っ」

額から離れた唇が左右の瞼に触れる。こめかみに移動したと思ったら今度は頬でちゅっと音を立てた。アーシェリアは慈雨のように顔中に降り注ぐキスに翻弄され、堪らず甘い声を零す。

「アーシェは声も可愛い。もう、全部が可愛くて堪らない……」

絞り出すような声で囁かれ、一度は落ち着いたはずの涙がまたもや溢れてきた。ひくりと喉を鳴らせば優しく背中を撫でられ、その仕草がまた新たな涙を連れてくる。

こんなにも幸せなことばかり起こるだなんて、夢に違いない。

でも、たとえそうだとしても、どうかまだ覚めないで。

いっそこのまま、永遠に夢の中で暮らしたい。心の底から願うアーシェリアから心地いい熱がゆっくりと離された。

「ごめん。もっとゆっくりしたかったけど……限界だ」

「え……？　あっ、そ……こっ、は…………っ！」

繋がっている場所を撫でた指がその上にある陰核を押し潰す。浮き上がりそうになった腰はすかさず押さえられ、深々と埋め込まれた肉楔がずるりと半分引き抜かれた。張り出した部分にかき出された蜜がシーツを濡らす。汚してしまったと焦る間もなく、アーシェリアは勢いをつけて戻ってきた衝撃に悲鳴交じりの声を上げた。

「やぁっ……ん、激し……っ」

「あぁ……気持ちよすぎて、すぐに……っ、果ててしまいそうだ……！」

痛みと快楽を同時に注ぎ込まれ、アーシェリアは揺さぶられるがままになる。縋るものが欲しくて差し伸べた手は空をかき、秘豆を摘まみ上げられた衝撃でシーツに落ちた。きつく握りしめた場所には幾筋もの皺が寄る。エセルバートは身悶えながらも拒否の姿勢を見せない妻へ灼きつきそうな眼差しを向けながら、徐々に律動を速めていった。

「ほら……もう一度、達してみせて？」

「やっ、また……っ、あっ……ああああ――――ッッ!!」

敏感な場所をきつく摘ままれ、深い場所に先端が押し当てられる。喉をのけ反らせながら真っ白な世界に放り込まれたアーシェリアは、身体の深い場所に熱い飛沫が噴きかけられるのを遠くで感じた。

息が――苦しくて堪らない。打ち捨てられた人形のように四肢を投げ出し、整う気配のない呼吸の音をぼんやりと聞いていた。そのまま身体が沈んでいく感覚に身を委ねると、ゆっくりと意識が遠のいていった。

「アーシェリア様、おはようございます」

控え目な声での朝の挨拶に、深い場所にあった意識がゆっくりと浮上する。まだ動きたがらない瞼をなんとか持ち上げると、カーテン越しに人の気配を感じた。

「………おはよう」

発した声はひどく掠れている。喉が痛んで小さく咳き込むと、天蓋から吊るされたカーテンが静かに開かれた。姿を見せたのはアーシェリア付きの中で最も年上の侍女。彼女は手にした桶をサイドテーブルに置き、素早く水差しからグラスへと水を注ぎ入れた。

「あり、がと……」

柑橘の風味がする水が少し喉に沁みる。グラスに半分ほど入っていたものを飲み干すと思わずほうっと大きく息を吐いた。礼を言って空になったものを返そうと伸ばした腕を見て、アーシェリアはぴたりと動きを止める。

「どうかなさいましたか？」

「えっ？　あ、いいえ……なんでもないわ」

(昨日の夜は結局、どうなったの？)

見慣れぬ装飾が施されたこの部屋は、これまで過ごしていた客間ではない。だから昨日、アーシェリアはフーヴベルデの王族の仲間入りを果たしたのはたしかだろう。結婚に伴う様々なイベントをこなし、初夜を迎える花嫁に相応しい装いでここにやって来た。

だが、今まさに身体を包んでいるのはシンプルなネグリジェ。装飾の類(たぐい)は一切ないが、滑らかな肌触りで上等な生地が使われているのがわかる。アーシェリアには袖を通した記憶がないので、眠っている間に何者かが着せてくれたと考えるのが妥当だ。

問題はその「何者」が誰かという点である。侍女ならいい。だが昨晩、この部屋にいた人物だとしたら、想像するだけで恥ずかしさのあまりごろごろと転がりたくなってきた。

「朝食は召し上がれそうでしょうか？」

顔を拭いた濡れタオルを返したタイミングで侍女が訊ねてくる。言われて初めて、今にもお腹が鳴りそうなほど空腹なのに気が付いた。

「えぇ……お願いするわ」

「では、すぐにお持ちいたします」

いつもは着替えてから食堂へ行くというのに、結婚するとその流れが変わるのだろうか。戸惑うアーシェリアを他所に、後から入ってきたもう一人の侍女がベッドサイドにやって来た。

「ご無理なさらず、ゆっくりお下りになってください」

「……っ、ありがとう」

ぐっすり眠っていたはずなのに、全身に疲労感が泥のように纏わりついている。そして動くたびに——口に出すのが憚(はばか)られる場所に引き攣れたような痛みが走った。

彼女達は昨夜、この場所でなにが行われていたのかを知っている。夫婦になったのだからやましいことではないとはいえ、気遣われるのはどうにも恥ずかしかった。侍女の手を借り、ぎこちなくベッドから下りたアーシェリアはゆっくりとした足取りでソファーへと向かった。

部屋に入ってきたワゴンからテーブルへと手早く朝食が並べられる。野菜たっぷりのミルクスープとスクランブルエッグ、そして塩漬けにした豚肉を焼いたものを前にして危うくお腹が鳴りそうになった。

「パンは焼きたてでございます。どうぞお気を付けください」

言われた通り、拳くらいの大きさの白パンからはまだ湯気が立ち上っている。本当はスープに浸して食べたかったのだがもう少し待った方がよさそうだ。アーシェリアはおもむろにフォークを手にすると、柔らかく仕上げられたスクランブルエッグを掬い上げた。

お腹が満たされてようやく我が身を顧みる余裕が生まれたらしい。身体だけでなく唇がじんじんとして腫(は)れているのに気付いた。白パンを咀嚼(そしゃく)する口元が急に気になって、軽く俯いたまま食事を続ける。

あれは――夢ではなかった？

昨夜、待ちくたびれたアーシェリアはまさにこの場所で眠りに落ちてしまった。次に目を覚ました時にはエセルバートの手によってベッドへと運ばれた。そして――初めて夫婦の営みに臨んだ。

脚の付け根に残る痛みは、間違いなくその行為が果たされた証拠だ。だが、向けられた表情や言葉が現実のものだったかどうかは、正直よくわからない。アーシェリアの願望が記憶を塗り替えてしまったと考えた方がまだあり得そうに思える。あのエセルバートがあんな甘い言葉を発するなんて――。

――アーシェは本当に可愛い。

蕩けそうな笑みと褒め言葉が不意に脳裏をよぎり、ぶわっと頬が熱くなる。急にうるさく騒ぎはじめた鼓動を落ち着かせようと果実水のグラスへと手を伸ばした。

「で、殿下はどちらにいらっしゃるのかしら」

「来賓（らいひん）のお見送りをなさった後、執務に向かわれると聞いております」

見送りに自分は出向かなくていいのかと問えば不要だと返された。今日はなにも予定を入れていないと告げられ、アーシェリアは思わず目を丸くする。

「王太子妃になったというのに、いいの？」

「昨日までとても忙しくされていましたので、本日はゆっくりお過ごしになるようにと殿下が命じられました」

「そ、そうだったのね……」

エセルバートがそんな配慮をしてくれるなんて思わなかった。驚きが引いていくと徐々に胸が高鳴ってくる。

多忙なエセルバートは会食の予定が入っていない限り、執務室で昼食を片手に仕事をすると聞いていた。だから顔を合わせるとしたら夕食の席だろう。

アーシェリアが移った王族専用の棟には王太子夫妻専用のダイニングがある。二人きりで食事をするのは少し緊張するけれど、もしかするとこれまでとは違う態度で接してくれるかもしれない。

――だって昨夜はあんなに優しかったから。

「どうぞごゆっくりお休みください」

王太子妃の私室に戻ったアーシェリアは再びベッドへと寝かされた。夫婦の寝室にあるものより小さいものの、一人で眠るのには十分な広さがある。夫との夕食を心待ちにしているせいで眠気なんて訪れそうもない、と思っていたのにみるみるうちに瞼が重くなってきた。

「お目覚めになりましたら、湯浴みをしてお支度をいたしましょう」

「わ、かったわ……」

今にも眠りの世界へ旅立ちそうなアーシェリアに侍女が優しく微笑む。その笑みに憐憫の気配が漂っているのは気のせいだろうか。理由を問おうとしたがもう言葉を発するのも億劫になっていた。

薄く開いていたカーテンが閉じられる。王太子妃の部屋が薄闇に包まれると同時に、静かな寝息が響きはじめた。

第二章　王太子妃の試練

アーシェリアは閉じられた扉の前で一旦立ち止まり、静かに深呼吸をした。そして笑顔を作ってからおもむろに一歩踏み出す。

「王太子妃殿下にご挨拶申し上げます」

扉が開かれ、アーシェリアが入室するとその場にいた者達が一斉に立ち上がる。誰もが腰を落として頭を垂れている様をしばし眺め、姿勢を楽にするよう声をかけた。

挨拶を受けたらすぐには返さず、少し時間を置くのがフーヴベルデ王族のマナーだと教わった。あんな苦しい体勢をさせたまま放っておくだなんてどう考えてもおかしい。だが、どんな理不尽でもそれが「マナー」だと言われてしまえば納得するしかなかった。

フーヴベルデの王太子妃となったアーシェリアは、婚儀の二日後から公務に取りかかった。友好国の大使から謁見を受けたのを皮切りに、今は主に各方面への顔見せがメインになっている。

毎日大勢の人と会っているのでとにかく覚える事柄が多い。アーシェリアは元々物覚えがいい方ではない。だからといって次に会った時に忘れているのは失礼だし、エセルバートや国王夫妻の評判にも傷をつけてしまうだろう。

結局、公務が一つ終わるたびに会った相手の名前と肩書き、話した内容をメモすることにした。これが一番確実だろう。一日も早くフーヴベルデの王太子妃として認められようと奮闘する姿を、王宮に仕える者達は温かく見守っていた。

――とはいえ、誰もが手放しで歓迎しているわけではない。「保守派」と呼ばれる貴族達は、遺恨のあるグリッツェンの王女が自国の王族に名を連ねるなど言語道断だと絶えず抗議していたそうだ。お妃教育の際に言いにくそうに告げられたものの、グリッツェンでも同じような反応だったのだから、そんなことは輿入れをする前から想定済みだ。

とはいえ、外交上は「友好国」なのだから表立って反対するのは難しい。

それに、あからさまな嫌がらせをするほど彼らも愚かではなかった。

「まぁ……妃殿下のネックレスは随分と長めでいらっしゃるのですね。グリッツェンではそういったものが流行なのですか？」

無邪気な問いかけにアーシェリアは引き攣りそうになった頬を必死で宥め、穏やかな微笑みを浮かべながらティーカップを置いた。できるだけ優雅かつ慎重に置いたつもりだが、動揺のせいかソーサーとぶつかって小さな音が立ってしまった。そんな些細な失敗を見せるだけでひそひそと囁き声が聞こえてくる。

「……これはわたくしが母から譲り受けたものですので、流行とは関係ないと思います」

「そうなのですね。わたくしでしたら二重に巻き付けなければいけないかもしれませんわ」

なんならぐるぐる巻きにしてあげましょうか、と言いたいのをぐっと堪え、アーシェリアは努めて笑顔を維持した。

たしかに話を振ってきた侯爵令嬢は、細身の体型が多いフーヴベルデ人の中でも、とりわけ華奢な部類に入るだろう。お茶がなみなみと注がれたカップを持ち上げたら折れそうな指を口元に添え、無邪気に微笑んでいる。だが、その瞳の奥に浮かんだ嗜虐（しぎゃく）の色を見逃さなかった。

「はぁ……わたくしも妃殿下のように堂々としたお姿になりたいと頑張っているのですが、体質的に難しいようですの」

「まぁ、アイリーン嬢はそのままで十分に素敵よ」

「そうですわ。それに、あまりお胸が豊かですと、その……ねぇ？」

同席していた令嬢達が口々にアイリーン嬢を励ます。そうと見せかけ、肉感的な王太子妃を貶（おとし）めるのはもはや常套手段になりつつある。

この国では「胸が大きな女性は頭が悪い」とされているらしい。

王太子妃となって間もなく参加した茶会で、少し離れたテーブルで「ルクレリア神話に、知と引き換えに豊満な肉体を得る女神がいましたわね」などと聞こえよがしに話しているのを耳にした。その茶会に参加していた令嬢達はみな華奢で、ささやかな胸の盛り上がりを隠すようにコルセットで押し潰して、より平らになるようにしているようだった。その時、胸を強調するデザインのグリッツェンのドレスを着ていたアーシェリアは唇を引き結んで侮辱に耐えるしかなかった。

アーシェリアは溜息が漏れないようにして、フルーツがたっぷりと乗せられたタルトを手に取った。

「あら、まだお召し上がりになるようね……」

「無理もありませんわ。ほら、『重い荷を運ぶには、寡婦の馬さえ借りよ』と言いますもの」

つまりはアーシェリアが大柄だから沢山燃料がいる、とでも揶揄したいのだろう。用意されているものを食べてなにが悪いというのか。どうせ手を付けなければ逆に「痩せようと無駄な努力をしている」と囁かれるだけ。だったら料理人達が腕によりをかけたお菓子を存分に味わった方がましだ。

グリッツェンでは平均的な体型であるはずが、フーヴベルデに来てみると周りの女性達は誰もが華奢で儚げな容姿をしている。人種のルーツが異なるのだから仕方ないとはいえ、努力ではどうしようもない部分を揶揄されるのはやはり応えた。

「知のフーヴベルデ」と言われているだけあり、貴族令嬢達の嫌がらせは巧妙かつ陰湿。性別に関係なく、正面切って言い合うのを常とするグリッツェンの大らかさが懐かしい。

アーシェリアにも矜持があり、馬鹿にされるのを黙ってひたすら耐え続けるほどか弱い性格をしていない。だが、王太子妃となってから日が浅いので言い返していいものかと躊躇し、ぐっと悔しさを堪えている。

だからまず、侍女に頼んでドレスの下に着けるコルセットを変えてもらった。これまでの胸を持ち上げるタイプではなく、胸を潰してなだらかにするものへと替えたのだ。

だが、豊満な胸を押し込んだコルセットは窮屈で、少し動くだけで息が上がってしまう。ぎこちなさを隠しきれない王太子妃を見かねたのか、侍女達はしきりに声をかけてきた。

「アーシェリア様はそのままで十分にお美しいです。ご無理はなさらないでください」

「大丈夫よ。もうだいぶ慣れてきたわ」

着けたばかりの頃は息ができないと思ったが、苦しさは徐々に和らいできている。いずれは気にならなくなるに違いない――はずなのだが。

「おはようございます」

「……おはよう」

本日の朝食のテーブルにはエセルバートがすでに着いていた。挨拶をすると手にした書類から視線を上げ、アーシェリアを一瞥すると低い声で挨拶を返してくる。だが視線が交わったのはほんの一瞬で、すぐさま手元へと戻された。

そこからはいつものように重い空気の漂う時間がはじまる。アーシェリアが居心地の悪さを払拭すべく話を振ってみるのだが、夫からは素っ気ない言葉を返される、もしくは沈黙を貫かれるばかり。一度たりとも会話らしきものに発展したためしがなかった。

結婚式も挙げた。フーヴベルデの王太子妃としてお披露目も済ませた。そして、初夜は夫から滞りなく終えたと国王へと報告されている。名実共に夫婦となったはずなのに、エセルバートとの距離は近付く兆しがまったく見られなかった。

初夜の翌日、夕食の場へ緊張しながら向かったアーシェリアを待っていたのは王太子付きの侍従。額に滲む汗をしきりに拭いつつ、急ぎの仕事が入ってしまいエセルバートは来られなくなったと伝えた。

昼寝をしてもなお疲れの残る身体を叱咤激励し、念入りに身支度をしてきたのに。付き添ってくれた侍女もさすがに腹を立てたのか、引き攣った笑みを浮かべて謝罪する侍従に冷ややかな眼差しを向けていた。

彼は王太子なのだから仕事を優先するのは仕方がない。アーシェリアは自分に何度もそう言い聞かせながら一人ぼっちの夕食を終えた。

そして更にその翌日、ようやく顔を合わせた夫は相変わらず硬い表情のまま。いや、むしろ今までよりも険しさが増しているのは気のせいではない。膨らんでいた期待は冷ややかな眼差しを向けられた途端、瞬く間に萎（しぼ）んでいった。

――あれは、夢だったの？

夫婦となって初めて過ごした夜、アーシェリアは待ちくたびれて眠ってしまった。そして次に目を覚ました時に目の前にあったのは、ずっと見たいと思っていたエセルバートの笑顔だった。

あの時の夫は十年前と同じ……いや、それ以上に優しかった。甘い言葉を囁き、苦痛を強いることを詫び、できるだけ痛みを和らげるように気遣ってくれた。何度も「可愛い」と褒めてくれる夫を前にして、これまで冷たい態度を取っていたのはなにか事情があったのだろう。

これからは仲のいい夫婦になれるに違いないと喜んでいたのだが、エセルバートの態度は結婚前となんら変わらず、アーシェリアは大いに戸惑った。

そんな状況で距離を縮めるきっかけを失い、打開策を見つけられないまま今に至っている。

唯一救いなのは初夜の翌々日以降、必ず朝食を共にしている点だろうか。妻を待つ僅かな時間ですら執務に充てているエセルバートだが、朝のダイニングには必ず姿を見せている。とはいえ、スープだけを飲んで席を立ってしまう日が何回かあった。

多忙なのであれば、無理に合わせなくても構わないのに。申し訳なさから何度か執務を優先するようにお願いしそうになった。だが、二人きりで食事をするほんの僅かな時間だけがエセルバートと夫婦であることを実感させてくれる。

苦しさと嬉しさが入り交じったこの瞬間はアーシェリアにとって、何物にも代え難いものだった。

だから、窮屈なコルセットが苦しくて食欲がなかったとしても欠席するわけにはいかない。どうせ彼はアーシェリアが食べ終えるより先に席を立つのだから、その間だけ誤魔化せばなんとかなるだろうと思っていた。

「無理に食べなくていい」

「……え」

　手にしたフォークがびくりと揺れ、刺さっていた人参のソテーがぽとりと皿に落ちる。一度口にしようとしたものを戻すのは最悪のマナー違反。だが、アーシェリアにはそんなことを気にしている余裕は残されていなかった。

　コルセットで胸を絞られつつ、不自然にならない程度に口へ運んでいたつもりだった。こちらへ一切目もくれていないのに、食事が進んでいないとどうしてわかったのだろう。言葉を失っているとエセルバートがすっと立ち上がった。

「あ、の……」

　エセルバートは振り返ることもなくダイニングを後にする。アーシェリアはフォークを置いて深い溜息をついた。もうなにも喉を通りそうにない。食卓を調えてくれた給仕達に謝り、厨房にも詫びを言伝してから自室へと戻った。

　気分を害してしまった――？

「妃殿下、苦しいようでしたら一旦お脱ぎになった方がよろしいのではないでしょうか」

「いいえ……早く慣れるには、続けないと駄目だわ」

　アーシェリアに無関心な相手ですら気付いてしまうのであれば、隙あらば嫌味を言おうと一挙手一投足を監視している令嬢達の目を誤魔化せるはずがない。次のお茶会が二日後に迫っているので、せめてその間だけでも優雅に振る舞えるようになっておかなければ。

ここで弱音を吐くわけにはいかない。

そうは思うものの、間に合うだろうかと心配になってくる。姿勢が悪くならないように気を付けながら届いた書状に目を通していると、段々と陰鬱(いんうつ)な気分になってきた。

ノックの音が響いたのは、アーシェリアが返事を書きはじめた頃だった。応対に出た侍女が戸惑った顔で扉を開くと、厨房の制服を着た女性がワゴンと共に佇んでいる。

「失礼いたします。エセルバート殿下よりお届けものでございます」

「殿下から？　……入ってちょうだい」

いつの間にか楽な体勢を取っていたらしい。丸まっていた背を伸ばしてからアーシェリアが小首を傾げる。

「こちらは『命のスープ』と呼ばれているものでございます」

ワゴンには両手鍋が載せられており、蓋を開けた途端に食欲をそそる香りが鼻をくすぐった。「命のスープ」はフーヴベルデに昔から伝わる薬膳料理で、身体を温めて胃腸の調子を整えるだけでなく、滋養強壮にも効果的だと言われているらしい。

「どうぞお召し上がりください」

「ええ、わかったわ」

毒見を済ませてから差し出されたスープ皿は小ぶりのもの。スプーンで掬った薄い緑色をした液体に具は入っていなかった。アーシェリアはこれならなんとか食べられそうだと安堵しながら口に運ぶ。

「……とても美味しいわ」

「お口に合ったようでなによりです」

沢山の種類の野菜と茸、そして薬草が材料として使われているらしい。

「厨房はただでさえ忙しいのに、余計な仕事をさせてしまったわね」

「とんでもございません！　妃殿下がお元気でいらっしゃればこそ、私達も安心して仕事ができますので!!」

力説する彼女の言葉に侍女達までもが揃って深く頷いている。思わず目を丸くしたアーシェリアだが、すぐにふっと微笑んだ。

「ありがとう。わたくしもあなた達に世話をしてもらえて、本当に幸せよ」

「妃殿下……！」

スープのお陰で早くもお腹のあたりがポカポカと温かくなってきた。

だが、いくら美味しくても、窮屈な状態で完食するのが大変だった。それでも頑張って胃に流し込んだのは、エセルバートの気遣いを無下にしたくないという想いがあったから。

ぎこちなく微笑むとその場にいる者が一様にほっとした表情を浮かべた。

「殿下から、こちらをお渡しするように言付かっております」

小さな銀のトレイが差し出され、侍女を経由して受け取った封筒にはエセルバートのサインが入っていた。

『本日より一週間、会食と茶会を中止とする』

文字が崩れているせいで解読するのに少々時間がかかってしまった。それにやけにインクが滲んでいる。なにか零したのだろうか。そんな疑問を抱きながらもアーシェリアは小さく安堵の溜息をついた。

きっとエセルバートはまともに食事のできない王太子妃を人前に出すわけにはいかないと判断したのだろう。予定をキャンセルするのは大いに気が引けるが、本音を言えばとても有難い。与えられた猶予期間を有効活用せねばと決意を新たにした。

「お礼状を書くから、殿下に届けてもらえる？」

「はい。きっとお喜びになるでしょう」

それはないわ、という言葉を呑み込み、アーシェリアは新しい便箋を取り出してペンを走らせた。

そして一週間後――なんとかコルセットにも慣れ、アーシェリアは新しいドレスを着てお茶会に臨んだ。これはつい先日、エセルバートから届けられたドレスの中の一着である。

唐突な贈り物はどれもすべて襟が詰まっており、胸が目立たないような装飾やデザインが施されていた。それらがクローゼットへ収められていく様子を眺めながら、やはりエセルバートもアーシェリアの大きな胸が不満だったのだと今更ながらに気付く。

そういえば朝食や公務の際、何度か胸元に視線が向けられている気がした。それならそうと言ってくれればいいのに、と密かに不満に思いつつも不勉強も反省すべきだろう。

だがこれで見た目の問題はクリアしたはず。顔を合わせた件の令嬢達が微笑みながらも口元を悔しさに歪ませているのを目にし、勝利を確信する。

　食事の際も以前と変わらない量を食べられるようになったというのに、なぜか未だ王太子妃の公務は必要最低限に絞られていた。

　もしかして、食事も満足にとれなくなるなど王太子妃として言語道断だと怒っているのだろうか。そう思い至った途端、胸の奥にずしりと重いものが居座った。

　沈んだ気分のまま部屋に戻ると、ちょうど国王から書状が届けられた。グリッツェンとの交易路について、実際に通った感想と改善すべき点をまとめてほしい、という旨の依頼に早速取りかかっていると、慌てた様子で宰相が訪れた。

「一週間ほど前にグリッツェンとの国境近くで土砂崩れが起こり、フーヴベルデの商隊の荷馬車が巻き込まれました。その件で妙な噂話が広がっております」

「どのような噂でしょうか？」

　二国の交易は容易ではなく頻繁には行われない。そのため、交易の際には双方が連絡を取り合い山道のチェックをするなど、安全に行き来できるよう配慮がされていた。だがそれでも、急な大雨による土砂崩れなどは防ぎようがない。

　ブラッドリーは事故の対応に追われていたのか、随分と疲れた顔をしている。

「実は、王女を奪われた腹いせに、グリッツェンがわざと土砂崩れを起こしたのだ……と」

「はぁ……あまりにも荒唐無稽すぎますね」

そもそもアーシェリアはフーヴベルデに奪われたのではないし、貴重な交易品を無駄にするほどグリッツェンも愚かではない。冷静に考えればあり得ない話であっても、噂というものは勝手に広まっていくのでたちが悪い。

しかもその噂を広めているのは、今回の荷運びを任された商会だというではないか。

「つまり、責任逃れにわたくしの存在が使われたということですね」

「ええ、おっしゃる通りです」

ブラッドリーは土砂崩れについて調査するとともに、商会長を呼び出してデマの訂正を可及的速やかに行うよう、国王が直々に命じたと教えてくれた。

「調査は当然ですが、召喚までするのは大袈裟にも思うのですが……」

なにかにつけて言いがかりをつけるのはお互い様で、今にはじまったことではない。アーシェリアが嫁入りして日が浅く、微妙な時期なのを差し引いてもやりすぎではないだろうか。

「傍観は得策ではありません。フーヴベルデ王家の考えをはっきり示しておかなければ、事態が悪化する可能性があります」

常に気にかけてくれる義父は、王太子に輪をかけて多忙な人物だ。国王にわざわざ時間を取らせてしまうだなんて。有難い気持ちと申し訳なさが頭の中でぐるぐると渦を巻き、思わず唇をきつく噛んだ。

「それがですね、これでも最大限の譲歩をした結果なのです」

「譲歩、ですか？」

「えぇ。商会関係者を一人残らず王族侮辱罪で投獄するようにと、でん……あっ、当然そんなことはいたしませんよ！」

　アーシェリアがさっと表情を強張らせたのに気付いたのだろう。ブラッドリーはすぐさま否定すると引き攣った笑みを浮かべた。

　言いかけた敬称から推理すると、そんな物騒なことを言い出したのは王妃か王太子のいずれかだと考えられる。だが、夫であるエセルバートはアーシェリアのために王家の評判を落とすような真似はしないだろう。つまり義母であるリリアンヌが怒りに任せて口走り、それを国王が諌めてくれたに違いない。

　行きすぎな対応とはいえ、そこまでアーシェリアを大事に思ってくれているのは有難い。感謝の気持ちを籠めて、なにか贈り物をしようと心に決めた。

「そのような事情で、妃殿下には安全が確保されるまで外出を伴う公務を控えていただくことになっております」

　過保護な気もするが仕方がない。アーシェリアが頷くとブラッドリーはほぅ、と大きく息を吐いた。

「こちらに来られてからずっと忙しくなさっていましたので、ゆっくりお休みになるいい機会でしょう」

「そうですね。あ……一つお願いがあります」

「はい、なんなりとお申し付けください」

アーシェリアには時期を見て取りかかろうと思っていたことがある。できるだけ早くしたかったから、これは絶好のチャンスだ。すっと姿勢を正してからおもむろに切り出した。

「マナーを学び直したいので、先生を付けていただきたいのです」

「マナー、ですか？　妃殿下には必要ないかと思うのですが……」

たしかにアーシェリアは王女として幼い頃から嫌々ながらも淑女教育を受けてきた。そしてフーヴベルデに来てからも王族としての振る舞いを学び、先生からも太鼓判をもらっている。だから一般的な礼儀作法については問題ないはずだ。

だが、学び直したいのはそういったものとは別の部分なのだ。

ブラッドリーに打ち明けるのは正直恥ずかしいけれど、これまでの振る舞いを目にしている彼であれば納得してくれるだろう。膝の上で両手をきゅっと握りしめた。

「その、わたくしは他の皆さんに比べて大柄なものですから、より優雅で滑らかな所作を身につけたいのです」

どんなに淑やかに振る舞っていても、華奢でたおやかなこの国の女性と比べると、アーシェリアの動きはどうしても粗雑に見えてしまう。これは決して気のせいではなく、茶会の際にこちらを遠巻きに眺めていた令嬢が囁いているのを耳にしたのだ。

「わたくしの振る舞いがもっと洗練されれば、エセルバート殿下にも安心して同行させていただけるようになるはずです」

ただでさえ「野蛮人」と揶揄される国から来ているのだから、並の優雅さでは評価を覆せないだろう。どんなに厳しくても構いません、と言い添えると若き宰相はにっこりと笑みを浮かべた。

「かしこまりました。では、早速手配いたしましょう」

「ありがとうございます！」

「とんでもございません。妃殿下の意に応えるのがわたくしの責務ですから」

国王の命令に従っているだけなのかもしれないが、ブラッドリーはたった一人で嫁いできたアーシェリアにとって心強い味方だった。

「それにひきかえ、あのお方は……」

溜息交じりの呟きは、アーシェリアの耳には届いていなかった。

「えぇ……そうです。指先まで神経を張り巡らせて……決して急いではいけません」
マナー講師を買って出てくれたのは、宰相であるブラッドリーの兄嫁にあたる高位貴族のコルサ夫人だった。優しげな顔立ちからはとても想像ができないほど容赦のない指導だが、アーシェリアは持ち前の負けん気の強さを存分に発揮して食らいついている。
優雅に見せるには単に身体の動きに気を付けるだけでなく、視線の向け方や話し方にまでコツがあると知ることができたのは大きな収穫だった。あまりにも覚えるポイントが多すぎて落ち込んでいる暇などなく、表面は淑やかに、中身は必死な状態でのレッスンが続けられていた。

「妃殿下、とってもお上手ですわ」

「ありがとうございます」

「これをスムーズにできるようになったら完璧ですわね」

それが一番難しいのですが、と一言漏らしそうになったが、「はい」と穏やかに微笑んだ。

アーシェリアが王宮から出なくなって早くも二週間が経った。土砂崩れの現場では復旧作業が急ピッチで進められ、同時に調査も行われている。その結果、これはあくまでも事故であり、人為的に起こされたものではないと国王の名でフーヴベルデ全土に通達された。

それを受けてアーシェリアの外出禁止令も解除され、週明けに孤児院への訪問が予定されている。これまで王妃が担当していた公務を引き継ぐのだ。久しぶりの外出に密かに胸を高鳴らせていた。

公務へ本格的に復帰する日が決まったこともあり、今日はより一層レッスンに熱が入る。これまでは二回入れていた休憩を一回に減らし、アーシェリアは指摘された部分を繰り返し練習している。異国から来た王太子妃が熱心に学んでいる姿に、その場の誰もが目を細めていた。

「さ、妃殿下。このあたりでお茶にいたしましょう」

「はい……」

窓際に置かれた椅子を指し示され、アーシェリアはこれまで習ったことを反芻しながらゆっくりと近付いていく。侍女が椅子を引いたタイミングでテーブルとの間に身体を滑り込ませた。この後もまだ油断は禁物。背筋を伸ばしたまま腰を落としていくのだが、勢いに任せてはいけない。バランスを取りながらあくまでも優雅に、まるで重みなど存在しないかのように着席するのが理想とされている。

コルサ夫人は柔らかく微笑みながらアーシェリアをじっと見つめている。どこかおかしなところはあっただろうか。緊張しながらお茶が注がれる様を眺めていると、彼女もまた軽やかな仕草で席に着いた。

「妃殿下は飲み込みも早い上にとても真剣に取り組んでくださるので、わたくしも教え甲斐がありますわ」

「褒めていただけて嬉しいです。ですが、まだ不安なことばかりですので引き続きよろしくお願いします」

「えぇ、喜んで」

微笑み合ってから目の前にあるティーカップへと手を伸ばす。音が鳴らないように気を付けながら持ち上げるとカップの縁を唇に押し当てた。ここで前屈みになってはいけない。顎を軽く上げたまま一口飲むと視界の端でなにかが動く。それを追うように窓の外を見上げたがいつもと変わりのない景色が広がっていた。

——まただ。

大きく取られた窓のすぐ傍にあるテーブルセットは、休憩兼お茶のレッスンのために用意されている。そこにいると時々、誰かがこちらの様子を窺っているような気配を感じるのだ。

ここは王宮の中心部にある棟で厳重な警備が敷かれている。命を狙われる心配はないが、ここに来るとやけに落ち着かない気持ちにさせられていた。

王太子妃のマナーレッスンは改造した応接間で行われている。立ち居振る舞いだけでなくダンスの練習もできるようにとの配慮だそうだが、そこまで大事になるとは思わなかった。

しかもこの部屋は、中庭を挟んで反対側に王太子の執務室がある場所に位置しているのだ。

それに気付いた時、少しは姿を見られるかと期待した。だが、残念なことに執務室の窓は昼間だというのに分厚いカーテンに覆われていて中の様子はまったくわからない。以前、アーシェリアが訪問した時は窓から庭が見えていた記憶があるが、どうしてカーテンを閉めるようになったのだろう。

とはいえ、姿は見えなくともエセルバートがすぐ近くにいる。そう思うだけで不思議とどんなことでも頑張れる気がした。

「休憩の後はダンスの練習をいたしましょう」

「わかりました」

　別のことを考えていたのはコルサ夫人には気付かれているらしく、くすりと小さな笑みを零されてしまった。身体を動かすのは好きだからマナーレッスンよりもダンスの方が幾分か気が楽だ。全身に気を配りながら立ち上がると、通路側にあるダンス用のスペースへと移動した。

　グリッツェンではただ楽しく踊ればいい、という風潮だったので音楽に合わせて思い思いのステップを踏んでいた。だが、フーヴベルデではそうもいかない。曲それぞれに基本の振付があり、それを逸脱するのはマナー違反なのだそうだ。

　アーシェリアが人前でダンスを披露する機会はまだ先なのだが、早めに取りかかった方がいいとマナーレッスンと並行して練習に励んでいた。

　基本のステップはマスター済みなので、残るは曲ごとの動きを身体に憶えさせていくだけ。女性はパートナーに身を任せておけばいいらしく、すべてを暗記する必要はないのが救いだった。

「失礼します」

　ひと通りのおさらいを終えた頃、ブラッドリーがレッスン場へと姿を見せた。成果が気になるらしく、忙しい合間を縫って時々こうやって顔を見せてくれるのだが――。

「殿下、ご機嫌麗しゅうございます」

「……あぁ」

宰相の後ろから登場した人物にアーシェリアは小さく息を呑んだ。これまで一度たりとも顔を出さず、様子を訊ねてもこなかったエセルバートがやって来るなんて、どんな風の吹き回しだろう。

よりによってダンスの練習中に来るなんてタイミングが悪すぎる。化粧や髪型が崩れていないかが気になって、自然と俯き気味になっていた。

「――――が、いかがですか？」

「えっ？　は……はい！」

こっそり髪を整えるのに集中していたせいで咄嗟に答えてしまう。ぱっと顔を上げると夫人が満足げに微笑んでいた。一体なにを了承してしまったのだろう。密かに焦るアーシェリアの前に黒い革手袋に包まれた手が差し出された。

この手には見覚えがある。視線を恐る恐る上に辿らせていくと、そこにはいつも以上に険しい表情を乗せた美貌があった。

アーシェリアが躊躇っていると美しい眉根にすっと皺が寄った。

「手を」

「よ、よろしく、お願いいたします……っ」

言い終わるより先に重ねた手を強く摑まれ、ぐいっと引き寄せられる。どうやらエセルバートが練習相手になってくれるらしい。

つんのめって倒れそうになったが、すんでのところで留まり——すぐに腰に回った腕に引き寄せられた。

アーシェリアの目の前に夫の喉元がある。動くたびに爽（さわ）やかな、新緑を思わせる香水の匂いが鼻孔をくすぐり、にわかに心臓がうるさく騒ぎ出した。

エセルバートとこんなに近付いたのは初夜以来ではないだろうか。服越しに伝わってくる熱や弾力、そして息遣いを感じると急激に体温が上がってくるのを自覚した。

これまでもダンスは散々踊ってきたし、異性と密着することにも慣れているつもりだった。だけどずっと恋焦がれていた人が相手となると否が応でも意識してしまう。服越しに伝わってくるものに意識が向いてしまい、しっかり覚えたはずの足運びがぎこちなくなっていた。

「お二人とも、もう少し力を抜いた方がよろしいかと」

「は、はい……！」

指摘されると更に緊張が高まってしまう。くるりと回れば視界に一瞬だけコルサ夫人とブラッドリーの心配顔が映った。お世辞にも上手とは言い難いダンスになっているのが容易に想像できる。

一人で練習している時よりも歩幅を大きく取らないといけないのは、やはり脚の長さが違うからだろうか。足を踏まないように意識を集中させながら、アーシェリアはちらりと視線を上に向けた。

そこには繋いだ手の方へ視線を向けた夫の美しい横顔がある。長い睫毛やすうっと通った鼻筋に見惚れていると、不意に細い顎がこちらへと向けられた。

翠の瞳に自分の姿が映っているのに気付いた瞬間、ぐらりと身体が右斜め後ろに大きく傾く。

「きゃっ…………！」

倒れる！　と咄嗟に身構えたが強い力で引き戻され——額がなにかにぶつかった。そのまま押し付けられる形になりアーシェリアは動きを止める。

「…………っ、すまない」

焦りを含んだ声が降ってくると同時に両肩を摑まれ、勢いよく引き剝がされた。状況が吞み込めないまま見上げた先で、大きく見開かれた翠眼と視線がぶつかる。言葉を発することなくただ見つめ合っていると、目の前にある白い頰がみるみるうちに朱に染まっていった。一体どうしたのだろう。次の瞬間、エセルバートが勢いよく身を翻した。

「殿下……お待ちください！」

置き去りにされたアーシェリアは、ブラッドリーが慌てて追いかけていくのを見て我に返る。遠ざかっていく背に向けて思わず叫んでしまった。

「も、申し訳ございませんでした！」

自分がもっと上手だったなら、どんなに緊張していても迷惑をかけずに済んだかもしれない。

謝罪はエセルバートの耳にも届いたらしい。扉の前で一瞬立ち止まり、手袋に包まれた手がきつく握りしめられる。もしかして怒りを必死で堪えているのだろうか。叱責を覚悟したが、こちらを振り返ることなくレッスン室を出ていってしまった。

「妃殿下、大丈夫ですか？」

「え、えぇ……」

さすがの夫人も不憫に思ったのか、所作を気にすることなく椅子に座らせてくれた。アーシェリアが項垂（うなだ）れていると、そっと肩に手を添えられる。

「申し訳ありません。まさかこんなことになるなんて、思いもよりませんでしたわ」

「いいえ、すべてはわたくしが不出来なせいです……」

これだけ練習をさせても上達しないと呆れただろう。今でさえ必要最低限の会話しかできていないというのに。明日からは朝食の席に現れてくれないかもしれない、と想像しただけですっと体温が下がった気がした。

「いいえいいえ、殿下は照れていらっしゃったのですよ」

「そうでしょうか……？」

「えぇ、間違いございません！」

妙に力の籠められた励ましに、沈んでいた気分がほんの少しだけ軽くなる。ぎこちなく笑みを浮かべるとコルサ夫人が手ずからお茶を淹（い）れてくれた。

（あれ？　そういえば……）

馨しいお茶と砂糖菓子で気分を落ち着かせると、不意に目にした光景が思い出される。危うく転びそうになった時、エセルバートは咄嗟に抱き寄せてくれた。図らずも夫の胸元に飛び込む形となって驚いたものの、その直後にエセルバートが真っ赤になってしまったのはどうしてだろう。

あまりの出来の悪さに腹を立てたのかと思ってしまったが、咄嗟に隠された顔には不快感は乗せられていなかった気がする。

結局、納得できる答えを見つけられないまま、その日のレッスンは終了した。

アーシェリアはゆっくりと手を伸ばし、テーブルへとティーカップを戻した。陶器の当たる音が微かにしたもののこれくらいなら及第点だろう。ほっとした胸の内が透けないように微笑むと、向かいに座った女性も柔らかな笑みを浮かべた。

「レッスンの成果が出ているようね」

「はい。すべてはコルサ夫人の指導の賜物です」

謙遜もまたフーヴベルデでは美徳とされているので、その慣習に倣ってそう返した。なのに、この国で最も身分が高い女性であり、アーシェリアの義母でもあるリリアンヌは少し悲しげな顔をした。

「アーシェリア、そんなにかしこまらなくても大丈夫よ」

「いえ、そういうわけにはまいりません」

「ここにはわたくしと貴女しかいないわ。どうか楽にしてちょうだい」

さりげなく王妃付きの侍女頭へ視線を遣ると、微笑みながら小さく頷いてくれる。彼女からも許可されるのであれば問題ないだろう。ぴしりと正していた姿勢を少し崩してから「はい」と答えた。

「公務続きで忙しいでしょうけど、わたくしの手助けが必要なことはないかしら？」

「お気遣いありがとうございます。覚えるべき事柄が多くて大変ですが、皆の助けを借りてなんとかこなせております」

フーヴベルデの王宮に仕える者が一様にアーシェリアへ友好的に接してくれるのは、国王夫妻と宰相の教育が行き届いているお陰なのだろう。世話をしてくれる侍女達はもちろん、国王や王妃の侍従や侍女でさえも協力を惜しまない姿勢を見せてくれるのは、本当に有難かった。

そんな中で唯一、未だ打ち解けられていない人物がいる。「彼」に関して王妃に相談するのは非常に躊躇(ためら)われるが、このままでは距離が縮まる気がまったくしない。

アーシェリアは紅茶を一口飲んでからおもむろに切り出した。

「ですが、あの……エセルバート殿下とは、どのようにすればよりお近付きになれるのか……助言をいただけると嬉しいです」

　ダンスレッスンがあった翌朝、意気消沈しながら王太子夫妻専用のダイニングへと向かった。来ないかもしれない、という予想に反して、開かれた扉の先にはいつも通りの光景が広がっていたのには心底驚いた。

　だが、アーシェリアの夫はより寡黙になり、話しかけてもこちらを見てくれず、目を合わせてもくれない。きっとダンスもろくにできない王太子妃に、婚姻を後悔しているのだろう。

　王妃であり、エセルバートの母親でもあるリリアンヌは、アーシェリアの恥を忍んでの相談にしばし思案する。手にしたティーカップに向けられた翠の瞳は、葛藤するかのように揺れていた。

「……あの子の態度で悩ませてしまって、本当にごめんなさい」

「至らない点があるのは重々承知しています。ですが、わたくしはもっと殿下のことを知りたいですし、わたくしのことも知っていただきたいのです」

　軽蔑の対象となる大きな胸も目立たなくして、優雅に見える立ち居振る舞いを身につけようと努力している。ダンスでは失敗したが、元々運動神経のいいアーシェリアは、もっと練習すれば克服できる自信はある。後は他にどこを直せば気に入ってもらえるのかを教えてほしかった。

　このまま冷ややかな関係が続くなら、王家の評判を落とすだけでなく、外交問題に発展する危険すらあった。

切実な訴えに茶の席へと重い空気が漂いはじめる。かつてはエセルバートの乳母だった侍女頭に至っては、今にも泣き出してしまうのではないかと思うほど沈痛な面持ちになっていた。

「リリアンヌ様、もうそろそろ……」

堪りかねた様子で侍女頭が口を開く。だが、彼女の主はすっと片手を上げて言葉を遮った。なにを言おうとしたのだろう。戸惑うアーシェリアにリリアンヌから不自然なほどの満面の笑みを向けられた。

「そういえば貴女、刺繍が得意だったわね?」

「はい……といっても、素人の手習い程度でございます」

アーシェリアは部屋にいるよりも身体を動かす方が好きだった。そんなお転婆な姫だったが唯一、刺繍だけは楽しく思えて雨の日には黙々と針を布に滑らせていた。どうしてそれを、と問いかけてはっと息を呑む。

エセルバートの立太子の際、祝いの席にグリッツェンを代表してアーシェリアの兄が参列した。その時に刺繍を入れたハンカチとクラバットをエセルバートに渡してもらうよう頼み込んだのだ。

あの時、兄は「面倒くさい」と言ってなかなか受けてくれなかった。だが、アーシェリアもそう簡単に引き下がれない。何度もしつこく頼み込み、粘り勝ちした結果、プレゼントの包みを託したのだった。

製作には余裕を持って臨んだはずだったが、図案の修正や縫い直しに随分と時間を取られ、完成した時は寝不足でふらふらになっていた。あの時は喜んでくれるに違いないと自信満々に思っていたが、きっと受け取ってすぐに処分されてしまったのだろう。

しかし、恥ずかしいからこっそり渡すよう頼んだのに、この口ぶりではリリアンヌもプレゼントの中身を見たのだろう。次に会った時は兄へ絶対に文句を言おう、と密かに決意した。

「高価な贈り物ももちろんいいけれど、手作りの品の方があの子は喜ぶはずよ」

「そう、でしょうか？」

気に入らない相手が作ったものでも喜んでもらえるのだろうか。でも、もしそうなら嬉しい。ただ、フーヴベルデに来てからは一度も針を手にしていないので、少し練習する必要がある。まだお茶の席だというのに早くも図案を考えはじめてしまい、リリアンヌから笑われてしまった。

「ご助言をいただきありがとうございます」

「いいのよ。あぁ、わたくしも出来上がりを楽しみにしているわね」

エセルバートと同じ翠の瞳を煌めかせ、フーヴベルデの王妃が弾んだ声を上げる。朗(ほが)らかながら有無を言わせない圧力をひしひしと感じ、アーシェリアは「はい」と答えるしか道は残されていなかった。

これは早めに取りかかるべきだと、茶会がお開きになるや否やアーシェリアは持参していた裁縫箱を開けた。

「まずは簡単なものを……あぁ、花がいいわね」

練習用の布を取り出しながら壁際に置かれた花瓶へと視線を向ける。品よく生けられた可憐な花々の中から一つ選び出し、色付きチョークで下絵を描いていく。そして鮮やかなピンク色の糸を使ってゆっくり、ひと針ひと針の感覚を確かめながら慎重に縫い進めた。

次に花の周りに小さな葉を緑の糸で散らしていく。立体感を出す縫い方は複雑で、不格好なものがいくつかあるが、久しぶりにしては上出来だと自分を慰めた。

「まぁ……お上手ですわ！」

「そうかしら？　でも、褒めてもらえて嬉しいわ」

今度は簡単なフォルムの小鳥を布に描く。頭から尻尾にかけて徐々に色が変わるようにしたいので、異なる色の糸が交じり合う部分はバランスが難しい。試行錯誤（しこうさくご）を繰り返しているうちにすっかり日が暮れてしまった。

「アーシェリア様、そろそろ夕食のお時間でございます」

「えっ、もう!?」

驚いて声を上げると侍女達がくすりと笑う。なにかに熱中すると周りが見えなくなるのは昔から何度も注意されていた。椅子から立ち上がって伸びをすると、背中と腰がぱきぱきと音を立てる。

「エセルバート殿下は本日お越しになりませんので、お部屋で召し上がりますか？」

「そうしてもらえると助かるわ」

今はダイニングまでの移動時間すら勿体ないと思えてしまう。手つかずのままになってしまった紅茶を飲み干すと、ようやく半分まで縫い進めた小鳥を眺めた。

「気に入っていただけるといいのだけど……」

祈りにも似た呟きに侍女達の手がぴたりと止まる。だが、すぐにそれぞれの仕事を再開したのでアーシェリアはまったく気付いていなかった。

今日もまた誘いを受け、義母であるリリアンヌと会話を楽しんでいた。和やかなお茶の場に意外な人物がやって来たのは、そろそろお開きになろうとしている頃だった。

「失礼するよ」

穏やかな声と共に入ってきた人物を認め、アーシェリアはぱっと弾かれたように立ち上がる。大急ぎで姿勢を正そうとしたが「そのままで」と柔らかく制された。

「リシャール。どうなさったの？」

慌てるアーシェリアとは対照的に、リリアンヌはカップを片手におっとりとした口調で問いかける。妻から名を呼ばれたフーヴベルデの国王はなにも答えず、微笑みながらソファーへと腰を落ち着けた。

「なに、アーシェリアに頼んでおいたものが完成したと聞いてね、居ても立ってもいられなくて受け取りに来てしまったよ」

「そんな……ご足労いただき感謝いたします」

義母からアドバイスされて以来、空いた時間をすべて刺繍の練習に費やしている。ようやく納得できるものに仕上げられるようになると、いつも世話をしてくれる侍女達に花の刺繍を入れた巾着袋をプレゼントした。

受け取ってくれるか不安だったが、彼女達は飛び上がらんばかりの勢いで喜んでくれた。次はマナーレッスンの先生であるコルサ夫人へブーケの刺繍を入れたシルクのハンカチを贈ると、その出来栄えを驚くほど褒め称えてくれたのだ。

ようやく自信をつけたアーシェリアはリリアンヌへのプレゼント作りに取りかかった。ハンカチが最も無難だが、それではあまり芸がない。こっそりと王妃の侍女頭に相談した結果、外出の際に着用する手袋へ刺繍を入れることにした。

手袋に派手な装飾を施すのは下品だと言われている。控え目だが目を引くにはどんな紋様がいいだろうか。いくつもの図案を描き、その中からアクセサリーを着けているかのように見える柄に決めた。

普通の糸よりも硬くて扱いにくい金糸を、本物の鎖に見えるように縫い付けていくのはなかなか骨の折れる作業である。公務とレッスンに追われる中でなんとか完成させ、王宮に仕える針子へ生地を託すなりソファーに倒れこんで侍女達を慌てさせたりもした。

そして針子達もアーシェリアの熱意に感化されたらしい。一週間はかかると言われていた手袋をたった三日で仕上げてくれた。

果たして気に入ってもらえるだろうか。手の震えを必死で抑えながら差し出した包みを開いたリリアンヌは、エセルバートとよく似た瞳を輝かせながら「まぁ、なんて素敵なの！」と大喜びしてくれた。早速試着するなり侍女達に見せてはしゃぐ姿を目の当たりにして、思わずテーブルに突っ伏しそうになったのは内緒である。

明日の外出に着用すると宣言して去っていき、その翌日——とんでもない依頼が宰相を経由して舞い込んできた。

どうやらリリアンヌの「明日の外出」には国王も同行していたらしい。妻の見慣れぬ手袋に興味を示し、製作者を知るなり自分にも作ってほしいと頼んできた。

聞けばクラバットを所望しているというではないか。国王が身に着けるものはすべて一級品でなくてはならない。職人でもないアーシェリアの刺繍など畏れ多いと丁重に断ったものの、義娘からの贈り物なら問題ないと説得されてしまった。

そして試行錯誤の末にようやく完成した。渡してもらうよう王妃に託すつもりが、まさか国王自ら押しかけてくるだなんて。期待に満ちた眼差しを向けられてしまい、アーシェリアは意を決して包みを差し出した。

「あの、お気に召していただけるかどうか、わかりませんが……」

「無理を言ってすまなかったね。だが、リリアンヌが何度も自慢してくるものだから、どうしても我慢できなくなってしまったんだよ」

リシャール国王は嬉々とした様子で包装を解いていく。まるで新しいおもちゃを受け取った子供のようだと思っていると、隣に座るリリアンヌまで少し身を乗り出して中身を覗きこんでいた。

「おぉ……これは見事だ！」

艶やかな深緑色の生地に濃紺の糸を使って縫い込んだのは、リシャール国王の紋章。蔦が複雑に絡み合っている縁取りに苦労させられたが、出来上がりには満足していた。

「遠目では無地に見えるのも素敵だわ」

「あぁ、早速着けてみるとしよう」

「えっ……？」

言うが早いか、リシャールはクラバットを留めていたブローチを外してしまった。控えていた侍従が素早くそれを受け取ると、入れ替わりでもう一人が解かれたクラバットを受け取る。なんとその後ろには鏡を携えた侍従が待ち構えているではないか。

あまりの用意周到さに圧倒されているうちに、アーシェリアの贈り物が国王の首元を飾っていく。試着ではなく、今日はこのまま着けて過ごすつもりで用意をしてきたらしい。先ほどとは違う、明るい黄色の宝石が埋め込まれたブローチで留められるとリシャールは満面の笑みを浮かべた。

「アーシェリア、ありがとう。これから少々気が重い会議があるのだが、君のお陰でなんとか乗り越えられそうだ」

「お気に召していただけて、わたくしも嬉しいです」

予想外の展開に驚きはしたものの、上機嫌な義父の姿にほっと胸を撫で下ろした。

「これはお礼をせねばならないな。なにか欲しいものはあるかい？」

ドレスや靴、装飾品は十分すぎるほど用意してもらっているし、日々の食事にも満足している。それだけでなく、義両親を筆頭として王宮の誰もが優しくしてくれる。

そんな恵まれた環境に身を置いているというのに、アーシェリアがたった一つ欲しいと願っているものだけは未だに手に入らない。

だが――これはばかりは国王に望んだとしても不可能なのだ。

「……いえ、陛下に喜んでいただけただけで十分ですわ」

アーシェリアは微笑みがぎこちなくならないよう注意するので精一杯だった。

◇◆◇◆◇◆◇

国王夫妻を見送り、部屋で一人きりになる。侍女から渡された包みを解くと織目がしっかりと詰まった艶やかな生地が姿を見せた。

これで準備は万端。随分と遠回りをした気がしないでもないが、これだけ練習をすれば納得できるものが作れるだろう。生地をひと撫でしてから立ち上がり、裁縫箱の蓋を開ける。

木製の枠へと布を嵌め込むと、何度も修正を重ねた下書きを布へ慎重に描き写した。

「よし……っ」

刺繍用の針を手にしてから小さな声で気合いを入れ、細心の注意を払いながら縫い進めていった。

二週間後――。

ソファーに座ったアーシェリアの眼差しは真剣そのもので、部屋には張りつめた空気が漂っていた。壁際に控えた侍女達も固唾を呑んで見守っている。小さな物音すら立てるのが憚られる雰囲気の中、鋏で糸を切る音がやけに大きく聞こえた。

針をピンクッションに戻して木枠に張られた布を両手で掲げる。何度も仕上がりを確かめてからふうっと大きく息を吐き出した。

「……でき、た」

吐息交じりの呟きが唇から零れ落ちた瞬間、それを合図として周囲が一斉に動き出す。

アーシェリアが丁寧に布を畳んでいると傍らから薄紙を差し出され、その上に載せるなり素早く包み込まれた。

「お預かりいたします」

「お願いね」

はい、と頷いた侍女の眼差しは真剣そのもので、まるで国宝を託された使者のような面持ちをしている。一礼するなり踵を返し、部屋を出ていく背中を感謝の気持ちいっぱいで見送った。

これでアーシェリアの仕事は終わり、残りは王宮付きの針子が仕立ててくれる。急がなくていいとは伝えてあるものの、なぜか彼女達はいつも凄まじい速さで完成させてくれるのだ。

「アーシェリア様、大変お疲れ様でございました」

「ありがとう」

いつの間にかテーブルの上は綺麗に片付けられ、代わりに紅茶と焼き菓子を盛った皿が置かれている。急に喉の渇きを覚えてティーカップを手に取った。

「……美味しい」

「恐れ入ります。こちらは料理長がアーシェリア様のために作ったそうです」

深さのある小皿には真っ白な小菓子が盛られている。一粒摘まみ上げてみると楕円形をしており、表面は想像していたよりも硬かった。それを一口齧ると、小気味のいいかりっという音が響く。

「あ……周りは砂糖なのね」

「はい。お疲れの時には甘いものを召し上がるのが一番だと申しておりました」

中身はアーモンドだった。こんがり炒ったものをカラメルとアイシングで包んである。香ばしさとほろ苦さ、そしてしっかりとした甘さのバランスは見事で、ついつい手が伸びてしまった。

「ただいま戻りました！」

紅茶を飲み終わる頃になって刺繍を託した侍女が興奮冷めやらぬ面持ちで戻ってきた。こんな短時間で往復できる距離ではないはずだが、どうやら走ってきたらしい。少し息を弾ませている彼女へにこりと微笑みかける。

「届けてくれてありがとう。でも、そんなに急いだら危ないわ」

「あっ……申し訳ありません。嬉しくて、つい」

嬉しいとは一体どういう意味だろう。小首を傾げるアーシェリアへ満面の笑みが向けられた。

「明日の夕食前には完成するそうです！」

「……えっ」

アーシェリアが夫のためにと刺繍を入れたものは三点ある。先に頼んだハンカチとクラバットはさほど難しいものではないが、最後の付け襟は繊細かつ複雑な作りをしている。仕上がりまで少なくとも十日はかかるだろうという見込みが一気に崩されてしまった。

「そんな、無理をさせるのは悪いわ」

国王と王妃、そして王太子夫妻の衣装作りを一手に引き受けているのだから針子達だって暇ではないはず。アーシェリアの依頼は作業の合間にのんびり進めてもらって構わないというのに。

「アーシェリア様がこんなに頑張っていらっしゃるのですから、それに応えたいと言っていました。ですから、どうか気になさらないでください」

　どうして王宮の皆はこんなに優しくしてくれるのだろう。胸が温かなもので満たされ、涙が出てきそうになる。アーシェリアは目を瞬かせながら「ありがとう」と呟くのが精一杯だった。

「それに明日は大事な日ではありませんか。贈り物があれば、きっと殿下との会話も弾むに違いありません」

「あっ……そ、そうね」

　侍女の指摘についしどろもどろになってしまう。侍女達からすれば慣れたものなのかもしれないが、平然とした顔で口にされるとやっぱり羞恥が先に出てくるのは仕方ないだろう。

　明日は王太子夫妻の房事の日。先月はエセルバートに急用ができて流れたのでこれが初夜以降、初めての夫婦の夜になる。決して忘れてはいなかったが、刺繍に集中していて頭から抜けていたらしい。

　結婚式の夜、待ちくたびれてソファーで眠り込んでしまったのは不覚としか言いようがない。二人きりになれる機会はそう多くないのだから、エセルバートの胸の内を少しでも訊き出さないと。

　たしかに手作りの贈り物があれば話題には事欠かないはず。これをきっかけとして距離を縮めて、そして――。
　無言のまま頬を赤らめるアーシェリアを侍女達は微笑みながら見つめていた。

　久しぶりに足を踏み入れた夫婦の寝室にはほんのりと甘い香りが漂っている。見回すと暖炉の上に素焼きの器を見つけた。なるほど、植物から抽出（ちゅうしゅつ）した油を温めて香らせているのか。
　前回と同様、暖炉の前に置かれたテーブルにはちょっとした晩酌の用意がされている。見慣れぬ瓶の数々を手に取って眺めているものの、アーシェリアはあまりアルコールを口にしない。さほど飲みたいとも思っていないが、なにもせずにじっと待っていられるほどの落ち着きは持ち合わせていなかった。
　ひと通りの瓶を確かめてから傍らに置いた包みへと視線を落とす。針子達は予告した通り、夕食の前に最後の品を完成させてくれた。アドバイスをくれた義母や腕前を手放しで褒めてくれた義父、そしてプレゼント作りに協力してくれた皆のためにもこれだけはしっかり受け取ってもらわないと。
　なんと言って渡すか、そして中身を見てもらってからどう説明するか。房事の支度をしながらしっかり考えてある。その台詞（せりふ）を頭の中で反芻していると、かちゃりと小さな金属音が耳に届いた。

「あっ……」

部屋の空気が揺れる。アーシェリアは急いで立ち上がり、挨拶をしようとした――のだが、その時にはガウン姿のエセルバートがすぐ傍まで迫っていた。

驚いてソファーへ座ってしまい、声をかけるタイミングを完全に失ってしまう。仕方なしにアーシェリアはそのままそっと隣を窺い見た。

ガウンの袷（あわせ）が座った拍子に広がり、寝間着から胸元がちらりと覗いていた。普段は一分の隙もない装いをしているエセルバートがゆったりとした服を着ている。しかめっ面にはそぐわない服装がなんだかおかしく思えてきた。思わずふっと口元を緩めると一瞬だけ鋭い眼差しがこちらへ向けられる。

「あの……」

アーシェリアがびくりと身を震わせるのも構わず、エセルバートはテーブルに並んでいる酒へと手を伸ばす。その中から透明な瓶に黄金色の液体が入ったものを選び取ると素早く栓（せん）を抜いた。この瓶にはラベルが貼られていなかったので中身がどんなものなのかわからない。

小さめのグラスに注いだものをアーシェリアの前に移動させる。しかし用意されたのは一つだけ。エセルバートは飲まないのかと不思議に思っているとグラスを差し出された。

「飲んでくれ」

「えっ、あの……」

「安心しろ。毒は入っていない」

　アーシェリアの躊躇いを勘違いしたらしい。手にしたグラスを薄い唇へ押し当て、ごくりと一口飲みこんだ。顎が僅かに上げられ、アーシェリアの前に喉が晒される。アーシェリアは上下する喉仏に思わず見惚れていたせいで、伸ばされた手の存在に気付くのが遅れてしまった。後頭部を摑まれ強引な手付きで上を向かされる。

「で、ん………っ……！」

　不機嫌を乗せた美貌が間近に迫り、荒々しく唇を塞がれた。捻じ込むように侵入してきた舌先からとろりと甘い液体が流し込まれる。甘さが強いがほんのり薬っぽい匂いも混じっている。これは初夜の時も飲まされた薬草酒ではないか。

「全部飲みなさい」

　唇を触れ合わせたまま低い声で命じられ、アーシェリアは素直に従う。こくこくと喉を鳴らしながら口の中にあったものを飲み干すと、そのまま腕の中に閉じ込められてしまった。

「殿下、あ……の…………？」

　図らずもダンスレッスンの時と同じ体勢になっている。額が押し付けられた場所から激しい鼓動が伝わり、それに呼応するかのようにアーシェリアの身体が急激に熱を帯びてきた。

あまりにもきつく抱きしめられているせいで段々と息苦しくなってくる。鼻の前にスペースを確保しようと身じろぎすると、更に強く抱き込まれてしまった。

――暑くて、頭がふわふわしてくる。

やはりあのお酒はかなり強いもののようだ。水が欲しい、という願いが頭をよぎったが、実行に移す前にしゅわりと消えてしまった。

徐々に浮遊感が強くなっていく。なのに、感覚がやけに鋭敏で、背に回された手で軽く撫でられただけで肩が大きく跳ねた。

「ひゃっ!?」

思わず出てしまった高い声に頭上からくすりと小さな笑いが降ってくる。

もしかして、いや――もしかしなくてもこの笑い声の主はエセルバートのはず。なんとか頑張って顔を上げたものの、視界がぼやけてすぐ傍にあるものですらはっきりと見えなくなっていた。

「あ、れ……？　わら、し……は」

舌がもつれてうまく言葉が紡げない。幼子のように舌足らずな喋り方になっているというのに、こちらを見下ろす顔は甘い笑みを浮かべている。これは現実？　それとも、また自分の願望が見せている幻？　見上げたアーシェリアがなんとか焦点を合わせようと奮闘しているというのに、微笑みを浮かべた美貌が徐々に迫ってきた。

「アーシェ、可愛い……」

額同士がこつんとぶつかり、唇はもう少しで触れ合ってしまいそうになっている。両手で頬を包み込まれ、まるで全身が心臓になってしまったかのようにどくどくと激しく脈を打ちはじめた。

いつもは名前すら呼んでくれないエセルバートが、家族だけが口にするのを許されている愛称で呼んでくれた。しかも音が乗せられた声色は優しくて、そしてたっぷりと甘さを含んでいる。喜びで胸がいっぱいになり目頭が熱くなってきた。ひくりと喉を鳴らすと宥めるように唇へと軽やかなキスが与えられる。

「そこに置いてあるものはなにかな？」

柔らかな問いかけに意識がほんの少しだけ輪郭を取り戻す。そうだ、なにをおいてもこれだけはちゃんと渡さないと。謎の使命感に駆られたアーシェリアは包みを手にするなり隣へ勢いよく差し出した。

「でん、か……に、あまり……じょ、ず、ではない、ですが」

「刺繍をしてくれたの？」

どうして知っているのだろう。小さく頷くとエセルバートの表情がふにゃりと崩れる。普段の険しい顔からは想像のつかない気の抜けた様子にまたもや鼓動が高鳴っていく。すごく嬉しそうな顔をしているのにどうして受け取ってくれないのだろう。こてんと首を傾げると突如として身体が浮き上がり、膝の上に横座りにさせられる。

「中を見てもいい？」

「は、い」

エセルバートは膝に乗せたアーシェリアの上で包みを開きはじめた。腰に回された腕が動くたびに擦れ、言い知れぬ疼きが溜まっていく。それに太腿の上でもぞもぞと包みを動かされているせいでくすぐったくて堪らなかった。

エセルバートの手は肌と同様に白く、ほっそりとしているのにまったく貧弱な印象を受けないから不思議だ。形のいい指が薄紙を開き、中から付け襟を取り出した。細かくギャザーが寄せられた縁に国旗にも描かれている草花が刺繍されている。

アーシェリアがひと針ひと針、心を籠めて縫った場所をエセルバートの指先がゆっくりとなぞっていく。まるで自分自身が撫でられているような錯覚に陥り、お腹の奥がきゅっと切なくなった。

付け襟を薄紙に戻し、今度はハンカチの包みを開く。同じように刺繍の凹凸を指でなぞるように確かめられた。

「こんなに沢山、作ってくれたんだね……」

クラバットもじっくりと眺められてしまい、アーシェリアが乱れる息を殺すのに苦心していると耳元で囁かれる。ありがとう、という言葉と共にこめかみへとキスされた。柔らかな熱が押し当てられた途端、用意していた台詞が頭から消えていく。

どうしよう、でもなにか言わないと。乗せる言葉を見つけられないまま薄く唇を開いた。

「んっ……！」

くぐもった声が鼻から漏れる。唇の内側を舐められてぴちゃりと音が立つ。粘膜と耳の両方から伝わる淫靡な音に腰のあたりに震えが走った。

「あの人達がさ、これ見よがしに自慢してくるから悔しくて仕方なかったんだ」

「え……？」

「でも、アーシェが三種類も作ってくれたのは私にだけだよね？」

その問いは確認のようでいて、どこか懇願の色が見え隠れしている。アーシェリアが小刻みに何度も頷くとぱっと新緑を思わせる瞳が輝いた。

「陛下や、王妃様に差し上げたのは、練習の品、です……」

すべてはエセルバートによりよい出来のものを贈るため。これまで作ったのは習作だと打ち明けるとまたもや輝く美貌が笑み崩れた。

「嬉しい……大切にするね」

大切になんかしてくれなくても構わない。誰にも会わない日でいいから着けてほしい。そしてできれば、着けた姿を自分に見せてもらえたらもっと嬉しい。

言いたいことは沢山あるはずなのに、荒々しくも執拗な口付けに翻弄され、再び意識が曖昧になっていく。遂に自分を支えるのすら億劫になり、アーシェリアは己を抱える腕にすべてを委ねた。

抱えられた拍子にガウンの腰紐が緩んだのだろうか。お腹を締め付ける感覚が消えて胸元をひんやりとした空気に撫でられた。だがそう感じたのはほんの一瞬、すぐさま温かなもので左の膨らみが覆われる。

「あっ……は、んん……っ」

ふにふにと感触を確かめられるように掴まれ、それだけでも身体が反応してしまう。薄布越しの刺激がもどかしい。気持ちよさとくすぐったさが相俟って、堪らずアーシェリアは身を捩った。その拍子にガウンが肩から滑り落ちてスリップドレスだけの姿になる。

房事のために用意された衣装はどれも薄手のものばかり。暖炉の前であってもガウンを羽織っていないと肌寒さを感じていたというのに、今はむしろ暑くて仕方がなかった。

「アーシェ……見せてほしいな」

乳房を弄んでいた指が細い肩紐に掛かり、あっけなく腕を滑り落ちていく。焦れたように引き下ろされた薄布からふるりと膨らみが零れ出た。普段はコルセットで押さえつけているが元の大きさは変わるはずがない。この豊かな胸のせいで賢い王太子妃として見られていないから会話をする気も起きないのではないかと悩んでいた。散々嬲(なぶ)られ、紅(あか)く濡れた唇をきゅっと噛みしめた。

「あぁ……よかった。形が崩れてしまわないか心配だったんだ」

「えっ？　…………ひゃうっ」

エセルバートは左胸を下から掬い上げるように持ち上げる。綻(ほころ)ばせた口元を寄せるなり早くも存在を主張している頂きにじゅ、と音を立てて吸い付いた。

右の肩紐も引き下ろされ、両方の胸がエセルバートの眼前に晒された。今度はじっくりと眺められているだけなのに先端が徐々につんと尖ってきている。

——これではまるで吸ってほしいみたい……！

恥ずかしくて堪らないのに、期待の方が勝ってしまった。でも望みを口にする勇気はない。息を乱したアーシェリアが必死の想いで見下ろすと、まるで望みを見透かしたかのように笑みを刷いた唇が薄く開かれた。

「あん……っ！　そんな、に、強く……しな、い、でぇ……っ！」

口内へと迎え入れられた場所が舌先で内側に押し込まれる。左側もまた指先で同じようにされ、快楽の中へ痛みというスパイスが追加された。逃れようとしても身体が痺れたように動かない。絶頂の波が押し寄せ、きつく閉じた瞼の裏で小さな閃光が弾けた。

ひときわ大きく腰を跳ねさせてから、アーシェリアはくたりと身体を弛緩させる。体重を預けられたエセルバートは素早く抱き留めるなりソファーから立ち上がった。

軽い絶頂の余韻に浸る身体が慎重な手付きでベッドに横たえられる。柔らかくてひんやりとしたシーツの感触が心地いい。視界の端で上下する膨らみが呼吸が整っていないことを教えてくれた。

ふっとアーシェリアの上に影が差す。覆い被さった男の輪郭をランプの灯りが照らしていた。美しい顎のカーブに目を奪われているとエセルバートが歌うように告げる。

「アーシェ、邪魔なものは全部脱いでしまおうね」

軽く達したものの、まだお腹の奥には疼きが残っている。熾火のように揺らめく熱はこれで落ち着くかもしれない。アーシェリアがこくりと頷くと頬に音を立てて口付けられた。

シーツとアーシェリアの間に滑り込んだ手が背を浮かせ、肘のあたりに留まっていた肩紐もろともスリップドレスを腰まで脱がしてくれる。今度は腰を持ち上げると膝下まで一気に抜かれた。その後はするすると爪先を滑らかな布地が撫でていき、アーシェリアは下肢を覆う小さな布だけの姿になる。

「んっ……は、ん、ん……っ」

身体の表面から熱が奪われていくものの、とてもそれだけでは追いつかない。どうやったらこの暑さともどかしさから逃げられるのだろう。腰をくねらせて悶える姿をエセルバートはガウンを脱ぎながら眺めている。細められた目から注がれる視線が素肌を炙り、アーシェリアはより一層激しく身悶えた。

「本当に可愛い。あまりにも可愛くて……どうにかなってしまいそうだ」

「あんっ、でん、か……っ」

無意識のうちに胸元を手で隠していたらしい。手首を摑まれ顔の横へと導かれる。無防備な姿になると、待ちかねたように胸の間へとエセルバートの顔が埋められた。

「はぁ……気持ちいい」

眩い金の髪を左右に揺らし、すりすりと頬ずりする様をただぼんやりと眺める。よりによって、それでは胸の大きさが実感されてしまうではないか。こんな恥ずかしいことはやめさせないと。だが、うっとりとした呟きに谷間を撫でられ、アーシェリアは身悶えることしかできなかった。

「アーシェのおっぱいが見られなくなって、すごくがっかりした……やっぱり、グリッツェンのドレスの方が似合う」

「でも、それは……や、あっ！」

言い訳なんて許さないと言わんばかり、谷間に強く吸い付かれる。反論を散らしたエセルバートは両手で膨らみをぐにぐにと揉みしだいてくる。痛みを感じるほんの少し手前という絶妙な力の入れ具合になすすべもなく翻弄されていた。

胸の大きな女性は知性が低いと思われていると知って以来、コルセットを変え襟ぐりの大きく開いた衣装は着ていない。できるだけ胸を目立たせないようにしたし、エセルバートが贈ってきたドレスも全部襟の詰まったものだった。

それなのに、胸を隠すのを不満に思っているとはどういうことなのだろう。

まさか……湧き上がった期待はすぐさま胸の奥底へと押し込めた。それはあり得ない。だってアーシェリアの夫はフーヴベルデの王太子で、国民の模範とも言える「完璧王子」なのだ。いずれは知性を重んじる国を統べる彼が、頭の弱さの象徴でもある豊かな胸を気に入っているなんて。

「やっ、あ、ぁ……んんっ…………！」

硬く尖り、鋭敏になった先端を指先できゅっと摘まれた。髪を乱し、いやいやと抵抗するがやめてくれる様子はない。それどころか膨らみに唇を押し当てるなり強く吸い付き、真っ赤な花弁を刻みはじめた。

「でも、他の男に見せなくて済んでいるから、それはよかったかな」

「どうして、ですっ……か？」

襟ぐりが大きく開いたドレスで高位貴族の挨拶を受けた時、時折胸元に無遠慮な視線を感じていたのは事実。居心地の悪さを感じていたものの、目立つのだから仕方ないと諦めていた。

そういえば何回か隣に立つ夫が、その視線を遮ってくれたことがある。あの時は自分の立ち居振る舞いがよくなかったせいで隠されたのかと思っていた。

「この綺麗な胸を見たり触ったりできるのは、私だけで十分だよ」

他人の無遠慮な視線を不快に思っていたと打ち明けられ、鼻の奥が痛くなってくる。胸から不安の靄も消えていく。つまり、襟の詰まったドレスは、アーシェリアを恥ずかしいと思っていたわけではなかったのだ。思わず小さくすすり上げると鼻先にちょんと唇が落とされた。

「もっと可愛がっていたいけど……そろそろ限界だ」

名残惜しそうに膨らみをやんわりと摑んだ手が滑り下りていく。鳩尾（みぞおち）を指先で撫でながらサイドにある紐を解かれ、秘部を覆っていた布が取り去られた。

「アーシェ、こっちを見て」

命じられるがままに顔を動かすと、そこには蕩けそうな笑みを浮かべた綺麗な顔がある。

灼けつくような熱を帯びた眼差しに意識ごと捕らわれ、ただひたすら翠の輝きを見つめていた。

「んっ……！」

「目を閉じてはいけないよ」

陰核を指先で突かれた拍子に腰が揺れる。眉根を寄せ、刺激を逃がそうという試みは柔らかな声によって制止された。

朝食の時、離れた場所でほんの一瞬だけ交わるだけの眼差しが今夜はすぐ間近にある。それだけで胸が高鳴ってしまうというのに、同時に敏感な場所を撫でられてしまったら、僅かに残されていた余裕が一瞬にして奪われる。

「あぁ、ちゃんと感じてくれているね。……気持ちいい？」

「は……い。でも、このままだと、おかしく……っ、なって、しまいそうです」

脚の付け根に潜りこんだ指がじっとりと湿った入口を優しく撫でる。ほんの少しだけ挿し込まれた途端、粘度のある水音が立った。快楽の証を見つけたエセルバートは笑みを深くするなり更に奥へと指を進める。

「痛かったら教えてね」

「だいじょぶ、です……ただ、あの……」

「なぁに？」

ベッドの上の彼は優しい。いつもこうだったらいいのに、と願った途端、目尻からほろりと雫が落ちた。

「アーシェ、言ってごらん？」

「なんだか、ぞわぞわ……してきま、した」

　違和感はあるものの痛みは感じられない。だが、くいっと曲げられた指先が肉襞を擦るたびに言いようのない震えが走った。少し怖くて、でももっと欲しくなるような奇妙な感覚をアーシェリアは知らない。身を震わせながら耐える姿を新緑のような瞳の中に見つけて思わず息を止めた。

「きゃうっ！」

「あぁ、ここだね」

　ある一点を擦られた途端、びりっとした刺激が全身を駆け巡った。大きく見開かれた視界の中でエセルバートが嬉しそうに微笑む。先ほどと同じ場所を確かめるように何度も指先がくすぐってくる。最初よりも随分と優しいタッチだが、それでもすぎた刺激に襲われて声と息が跳ねた。

「やっ、だ……も、やめ……てっ！」

　じりじりと追いつめられる感覚に恐怖を感じ、エセルバートの腕を摑んだ。だが、ろくに力が入らない手で制止などできるはずがない。むしろ抵抗に煽られたのか、更に激しさを増していった。

「ほら……こっちを見て、このまま達してごらん」

「まって、くださ………っ、あ、ぁ……あああああ――――ッッ!!」

　がりっとひときわ強く引っ掻かれたと同時に頭の中でなにかが弾けた。張りつめた糸が切れたかのようにアーシェリアの身体がベッドへ沈む。言いつけ通り目を開いているが、どこにも焦点は合っていなかった。

「アーシェはさすが、物覚えがいいね」

「んっ……」

　指を抜かれた拍子に思わず声を漏らす。その反応が気に入ったのか、エセルバートはくすっと小さく笑った。視界に内側を嬲っていた手が映る。ランプの光を受けて艶めかしく輝く指へ、薄い唇から伸びてきた舌が這わされた。

　指を濡らした張本人へ、まるで見せつけるかのように舐め取っていく。唇に付いたものまできっちり舌先で拭い終え、エセルバートが艶やかに微笑んだ。

「はぁ……本当に可愛い」

　言うが早いか寝間着へ指が掛かり雑な手付きで脱ぎ捨てていく。見事な美術品のような肉体を食い入るように見つめているとゆっくりこちらへ迫ってきた。

「こっちにおいで。そう……膝を立てて」

　背中に回った腕によって上半身が持ち上げられる。そのまま腰を支えられ、エセルバートの太腿を跨ぐような体勢にされた。正気のアーシェリアであればいくら命じられたとはいえ、こんな体勢を取るのに抵抗があったはず。裸で夫の上に乗るなんてできない、と拒否していただろう。

　それなのに、優しくも有無を言わせない命令にどうしても逆らえなかった。手を肩の上に乗せるよう導かれ、翠の瞳が満足げに細められただけで一度は落ち着いたはずの疼きが湧き上がってくる。

「このまま腰を下ろしてごらん。……あぁ、ゆっくりでいいよ」

　腰を両脇から支える手が沈めるように促してきた。この先に待ち受けているものはちゃんとわかっている。恐怖と期待に胸を震わせながらアーシェリアは膝の力を抜いていく。

　絶頂の気配を残す蜜口にそそり立った切っ先が当たり、くちゅりと音を立てた。思わず揺れた身体はしっかりと支えられていて接触が絶たれることはない。そのまま先端を身の内に収めると、胸のあたりから小さな呻（うめ）き声が上がった。

「は……っ、すごい、な」

　欲を滲ませた声にお腹の奥がきゅっと締め付けを強くする。エセルバートは苦しげに眉根を寄せながらも更に下へと促してきた。身体の中心を割り拓かれるような感覚は未だに慣れない。それでも夫の望みを叶えるべく奮闘していると、胸の先端にぬるりとした感触が這わされた。

「い、今は……やめ、て、くだっ、さ……やっ、んん…………っ」

　肩を押したものの力で敵（かな）うはずがない。しかも抵抗した罰なのだろうか、飴玉のように舐め転がされていた部分へと歯を立てられた。びりっとした痛みに身を震わせると身体が更に沈められていく。

「やあっ、もっ……ゆる、して…………っ」

いくつもの刺激を受け止められるほどアーシェリアは慣れていない。懇願するうちに目尻に涙が浮かび、ひくりと喉を鳴らした。それでようやく気付いたのか、エセルバートが胸の頂を解放してくれた。

「ごめんね。すごく美味しそうなものが目の前にあったから、つい……」

文句を言いたいけど今のアーシェリアにそんな余裕は残されていない。せめてもの抗議としてキッと睨みつけてみたものの、なぜか嬉しそうに頬を染められてしまった。

「怒ってるアーシェもいいな……」

「なっ……！」

咥えた肉茎が太くなる。どうして、と口にする間もなく先端が一番奥へと押し付けられた。内臓を押し上げられるような感覚に思わずひゅっと息を呑む。呼吸するのを忘れた唇に優しく彼のものが重ねられた。

「ん、ふっ…………ん…………ッ！」

舌を搦めながら同時に小刻みに突き上げられる。息苦しいのにどうしても唇を離したくなくて、アーシェリアは肩に乗せていた手を目の前にあるものへと巻き付けた。

「アーシェ……っ！」

規則的かと思えばタイミングをずらし、当たる位置も少しずつ変えられる。かき出され

た愛液が二人の腹を濡らし、粘膜が擦れ合うぐちぐちという水音が響き渡った。

「もうっ、無理…………っ、です……ああああ――――ッッ!!」

「アーシェ……一緒、に……ッ!」

王太子夫妻のベッドが軋(きし)み、その音を高い悲鳴と低い呻きが塗り潰す。弓なりに腰を反らしたアーシェリアの身体は素早く引き寄せられ、夫へと凭(もた)れかかる形になった。視界も思考も白いものに覆われている。肩に頭を乗せて乱れた呼吸音を聞くともなしに聞いていると宥めるように背中を撫でる手に気付いた。

胎の奥で迸ったものが熱い。そしてそれをアーシェリアに注いだ男もまた、荒い呼吸を繰り返していた。

「アーシェ…………」

――愛してる。

耳元で囁かれた言葉はアーシェリアの願望だろうか。私もです、と返すと同時に意識が深い闇へと呑み込まれていった。

第三章　深まる溝

フーヴベルデ王国の王太子、エセルバートは幼い頃より優秀だった。

文字を学びはじめると瞬く間に習得し、すぐに絵本では物足りなくなった。驚いた乳母が国王夫妻に報告し、大急ぎで家庭教師が付けられたのが三歳の時。そこからはまるで乾いた土が水を吸収するように知識をつけていった。

いずれ知の国を率いる者に相応しい。将来は賢王になるに違いない。

そんな数々の称賛を一身に受けながらも、エセルバートは常に退屈だった。

ずば抜けた記憶力や頭の回転の速さはたしかに才能なのだろう。だがそれは生まれた時から備わっていたもので、努力や苦労を経て得たものではない。しかし、それだけで王家の一員として臣下から称賛されるのだから楽なものである。十歳にして己の役割を悟り、淡々と日々を送っていた。

エセルバートが隣国、グリッツェンへの同行を願い出たのは、単に気分転換をしたかったからに過ぎなかった。だが、書物でしか知らない国の様子を見るのは思いのほか楽しく、自国とはまったく趣の異なる王宮を散策していると——剣を携えた少女に出逢った。

小麦色の肌に大粒の汗を浮かべて奮闘していたのは、この国の王女だった。いくら武の国とはいえ姫君まで剣を取らなければならないのかと驚いていると、アーシェリアと名乗った少女は自慢げに自ら志願したと告げた。

「私ね、お母様のようになりたいの!」

国は王太子である兄が継ぐけれど、優秀な騎士だった母と同じように民を護れる力が欲しい。瞳を輝かせながら語る少女の姿に軽い衝撃を受けた。フーヴベルデの上流階級では喜怒哀楽を見せるのは家族やごく親しい者の前だけ、社交の場で感情を見せるのをよしとしない。だから表情をころころと変えるアーシェリアと共に過ごす時間はひどく新鮮で、刻一刻と迫る帰国の日が嫌で堪らなかった。

エセルバートが書物から得た知識を披露すると、アーシェリアは大袈裟なほど感心し、一生懸命理解しようとしてくれる。わからないことはわからないと素直に告げ、更に噛み砕いて説明して納得すると眩い笑顔を浮かべながら感謝の気持ちを伝えてくれた。

――この子が欲しい。

アーシェリアが傍にいてくれたら毎日を楽しく過ごせるに違いない。どんなに面倒なことが起こったとしてもあの大輪の花が咲いたような笑顔でねぎらってくれたら、疲れなんて一瞬にして吹き飛んでしまうだろう。

必ずフーヴベルデへ招待すると約束して別れ、すぐさま父に宣言した。グリッツェンの王女を妻に迎えたいと告げた途端、表情が曇った。理由はわかっている。あまりにも因縁が深すぎる相手、しかも王族を娶れば貴族だけでなく民からの反発は避けられないだろう。
だったら誰にも文句を言われない状況を作ればいい。アーシェリアが成人するまで約十年。その間に自分が非の打ちどころがない存在になり、誰を妻に迎えようと文句を言わせないようにするしかない。

父に宣言した日からエセルバートは明らかに変わった。必要最低限の時間で済ませていた勉強の時間を大幅に増やし、同時に剣の鍛錬もはじめる。王太子が剣術まで学ぶ必要はないと言われたが、武の国の姫を伴侶にするなら当然の嗜みだ。それに、アーシェリアはあのグリッツェンの騎士団長のようないかにも男らしい強い男が好きらしい。彼女の好みに少しでも近づきたかった。

目的がはっきりすれば成果も出やすい。十五歳になったエセルバートは無事に立太子し、政治に参加するなり早々にいくつもの功績を打ち立てた。容姿端麗かつ頭脳明晰、おまけに剣の腕前は自国の騎士団長にも引けを取らない。そんな「完璧王子」が婚約者として誰を指名するのかという噂でもちきりになった。婚姻を望む高位貴族からの手紙攻撃や突撃訪問をことごとく躱し続け、アーシェリアが成人するまで待った。

ちょうどその頃、港の高波の被害に悩むグリッツェンが解決策を探しているという話を聞きつけ、フーヴベルデでしか行われていない工法を探し出した。

技術提供の条件として婚姻を取り付けられたのは、とにかく幸運の一言に尽きる。グリッツェンの国王からは、アーシェリアが拒んだ場合は取引内容を変更すると宣言されていたので、婚姻承諾書が届くまでは気が気でなかった。それはエセルバートの想いと努力を知っている両親や宰相も同じだったらしい。使者が大事に抱えてきた書状を受け取った瞬間、この世に存在するすべての神へ祈ってしまったほどだ。

　そこからのエセルバートの行動は素早かった。向こう一年、毎日贈っても足りる数の装飾品を用意させ、フーヴベルデ王宮の構造や歴史についてより詳しく調べはじめる。そして、立太子の祝いに出席してくれた時から密かに交友のあるヴァディスから提供された情報を元にして、王太子妃専用の部屋をアーシェリア好みの調度品で調えた。

　いよいよ輿入れの日、先触れが到着した報告を受けた瞬間、エセルバートの身体に異変が起こった。

　今すぐエントランスへと向かい、未来の妻を出迎えなくてはならない。きっと長旅で疲れているだろうから、抱きかかえて運んであげようなどと考えていたというのに、心臓が恐ろしい速さで脈を打ち、手足がうまく動かなくなってしまった。

「もしかして殿下……緊張、してます？」

　幼馴染であるブラッドリーに指摘され、これが緊張なのかと初めて知る。そうしているうちにアーシェリアを乗せた馬車が水堀を渡って王宮の敷地へと入ってきた。

「あぁもう！　とりあえず冷たい水でも飲んで落ち着いてください。謁見の間までのエスコートは頼みますよ！」

「……わか、った」

宰相が大急ぎで飛び出していくのを見送り、侍従が用意してくれた水を飲む。なんとか落ち着きを取り戻したエセルバートは客間のある棟へと向かった――のだが。

階下のエントランスホールをこの国では見慣れないドレスを纏った女性が歩いている。周囲を見回すたびに栗色の髪がさらさらと揺れている。毛先まで艶やかな髪の手触りを想像した途端、またもや心臓が早鐘を打ちはじめた。

「王女殿下、こちらでございます」

「ありがとう」

その声は記憶にあるものよりも落ち着いてはいるものの、弾むような話し方は十年前と変わっていない。エセルバートの妻となる女性は斜め後ろを歩く侍女へと振り返り、なにやら楽しそうにお喋りしていた。

「くぅっ……」

「でっ、殿下……！」

視線の先で琥珀色の大きな瞳が細められた瞬間、エセルバートはその場にくずおれた。

婚姻が決まってからというもの、私室で過ごす間はずっとアーシェリアの絵姿を眺めていた。泥まみれになるのも厭わず剣を振るっていた少女も、今やすっかり立派な淑女になっている。女性らしい曲線を描く肉体を色鮮やかなドレスで包み、こちらを見つめて微笑む姿を前にしてどんな話をしようかと話題を考えるのが至福の時間だった。

それなのに、いざ顔を合わせると言葉がなにも出てこない。伝えたいことはそれこそ山のようにあるというのに、喉に蓋でもされているかのように舌に乗せられなかった。

いや――もう話す以前の問題だった。

生身のアーシェリアを前にすると鼓動が恐ろしいほど乱れ、息がうまくできなくなる。肌に直接触れるなどできそうもなくて手袋をした。必死で平静を保とうとするほど表情が険しくなり、それを目にした初恋の人は戸惑いの表情を浮かべていた。

違う。本当はこんな冷たい態度を取りたいわけじゃない。心の中で言い訳しながらも、アーシェリアを前にしたエセルバートはまるで自分が自分ではなくなるような感覚に陥ってしまうのだ。

初夜は緊張のあまり寝室に入れないでいると、待ちくたびれた花嫁が眠り込んでしまった。アーシェリアが半ば眠っていたのと、強い酒を飲んでいたお陰でなんとか乗りきれたものの、翌朝に顔を合わせる勇気はなく、早々に逃げてしまった。

次の房事は直前に怖気づいてしまい、仕事を理由にキャンセルしてしまったが、毎回同じ手は使えない。結局その次もまた同じ薬草酒に頼るしか方法が思いつかなかった。

――「完璧王子」と呼ばれている男が、妻にと望んだ唯一の存在――アーシェリアにとっての「完璧」になれるのは果たしていつなのか。

フーヴベルデ王宮に仕える者達は、その日の訪れを祈るような気持ちで待っていた。

「殿下、おはようございます」

「……あぁ、おはよう」

　王太子夫妻の朝食はいつも同じ挨拶からはじまる。アーシェリアが席に着くと向かいに座るエセルバートが手にした書類を傍らに置いた。

　果実を絞って作られたジュースで喉を潤し、アーシェリアはおもむろに口を開いた。

「今日は、建設中の工場へ視察に行かれるそうですね」

「あぁ。住宅用の木材を新しい技術で加工する工場だ。来月には完成するが、これが成功すれば輸出量を三割ほど増やせる算段になっている」

「そう、ですか……」

　そこからはまた重苦しい空気の中、静かに食事が進められた。最近は無視されたり短い返答で済まされなくなったのは進歩だと思っている。だが、簡潔かつ過不足のない返答のお陰で会話が続かないので、黙りがちになってしまうのは相変わらずだった。

　二回目の夫婦の夜が明け、アーシェリアは軽い頭痛と共に目覚めた。案の定、ベッドには夫の姿はなかったが、贈り物が包みごと消えていたので、きっと持って行ってくれたのだろう。

　だが、それから十日が過ぎてもエセルバートの首元をアーシェリアの刺繍が飾ることはなかった。嬉しそうな顔や「大切にする」という言葉はやはり幻だったのだろうか。もしくは持ち帰ってはみたものの、柄が気に入らなかったのかもしれない。

訊ねてみたい気持ちでいっぱいだが、理由を訊く勇気がどうしても出てこなくて今日まできてしまった。それにもう一つ、気になっていることがある。

——あれは本当にあった出来事?

閨のエセルバートはアーシェリアを愛称で呼び、甘い笑みと言葉を惜しみなく与えてくれる。なのに、翌朝にはその優しさの片鱗(へんりん)もない。

だが、初夜の時と同様に唇はひりついて腫れており、脚の付け根には動くたびに引き攣れたような痛みが走った。

そして全身——いや、主に胸のあたりには真っ赤な花弁がいくつも散らされていた。入浴の手伝いをしてくれた侍女はそれを見るなり絶句し、医師を呼んだ方がいいかと真剣な顔で訊ねてきたほどだった。

房事の記憶が曖昧なのは、強引に飲まされた酒の影響なのかもしれない。それにしても普段とはあまりにもかけ離れている。双子、もしくは二重人格なのかと疑いたくなってきた。だが、そんなことがあるだろうか。

最も不安に思っているのは——アーシェリア自身が作り上げた幻想かもしれない、ということ。

人はつらいことがあった時、精神を守るために記憶を都合よく変えてしまうこともあるらしい。

せめて閨でだけは優しくしてほしいという願望に過ぎないのだろうか。

美味しいはずなのにあまり味のしない朝食を黙々と食べ進める。

早くこの場を切り上げようと集中していたせいで、テーブル越しに向けられた食い入るような眼差しに気付くことはなかった。


「よーし、頑張って逃げないと捕まえちゃうよー!?」

アーシェリアのおどけた声に子供達が歓声を上げながら三々五々散っていく。しきりに振り返ってはこちらの様子を窺っている女の子に狙いを定め、小走りに近付いていった。女の子は自分がターゲットだと気付いたのだろう。慌てた様子で顔を正面に戻し、一目散に走り出した。

「もっと走って走ってー!」

「きゃー！　いやー！　こっちにこないでー!!」

王太子妃に対して随分な物言いだが、子供なのだからそんな遠慮はしてほしくない。それに、三回目の訪問にしてここまで打ち解けてくれたことが嬉しかった。

鬼(アーシェリア)が本気を出せばすぐに全員を捕まえられるだろう。だがこれは、あくまでもグリッツェンの元王女を警戒している子供達と仲良くなるための手段に過ぎない。適度に走って適度に捕まえ、そしてわざと隙を見せて捕らわれた子供達を解放させていた。

「さぁさぁ、休み時間はこれでおしまい。午後の授業をはじめますよ」

全員を一回ずつ捕まえたタイミングを見計らい、孤児の世話をしているシスターが呼びかける。誰もが素直に「はーい！」と返事をしたものの、その顔にはありありと不満の色が浮かんでいた。

「アーシェリア様、今度はいつ来てくれるのー？」

「えーと……来月になっちゃうかな」

この孤児院は城下町の外れにある。王宮からそう遠くはないので、半月に一度の頻度で顔を出していると王妃から聞いていた。

だが、来週から王宮に重要な来客があるのだ。アーシェリアは王太子妃として彼らをもてなさなくてはならないので、いつもより訪問の間が空いてしまう。子供が相手であろうとも誠実に向き合う、をモットーとしているアーシェリアが正直に伝えると、皆が一斉に「えーー！」と声を上げた。

「やだやだ。そんなに待てないー」

「もっと遊びに来てよ。明日も来てっ！」

手を引っ張りながら言い募られ、アーシェリアは「ごめんね」と繰り返す。あまりの懐きぶりに初回の警戒がまるで嘘のように思えてきた。

「必ずまた来るから。ほら、シスターが待っているわよ」

「本当に？　絶対だからね!!」

何度も念を押されただけでなく、遂には神にまで誓わされてしまった。大袈裟だが、そこまで必死になってくれるのは嬉しい。皆と手を繋いで移動し、教室へ半ば押し込むように送り出した。

　小さく息を吐いてから院長室に向かうと、王妃であるリリアンヌが笑顔で迎えてくれる。

「お待たせして申し訳ありませんでした」

「いいのよ。子供達が喜んでくれてなによりだわ」

　院長室の窓からは庭の様子がよく見える。途中から少しだけ本気になっていたのは気付かれていただろうか。アーシェリアは椅子に座り、ティーカップをそっと手に取った。

　中身はすっかりぬるくなっていたが、走り回った後なのでこれくらいがちょうどいい。ごくごくと勢いよく飲んでしまわないように気を付けながら喉へと流し込んだ。

「アーシェリアは子供達と遊ぶのがとても上手ね」

「はい、グリッツェンでもよく孤児院を訪問しておりました」

「それなら安心して引き継げるわ」

　実際には鬼ごっこはほんの少しだけで、大半は剣の稽古をつけていた。だが、それを正直に伝えるのはさすがに憚られた。

　フーヴベルデに女性騎士は存在しない。女が剣を握るなどもっての外だという考えは、貴族だけでなく平民でも同じらしい。ただでさえ子供達は当初、グリッツェン人の王太子妃を怖がって近付いてこなかったのだ。もし剣が扱えるなどと知ったら二度と一緒に遊んでくれなくなるに違いない。

修道院に併設されている孤児院への定期訪問は王太子妃の公務の一つである。これまではリリアンヌが行っていたのを、アーシェリアが引き継ぐことになったのだ。

王妃は子供達に勉強を教えたりピアノ演奏を披露していたらしい。どちらもアーシェリアにはとてもできそうもなくて不安に思っていたのだが、意外にも女の子達も外遊びが好きだと知って安心したものだ。

「妃殿下、お疲れではありませんか？」

「いえ、とても楽しかったです」

むしろいい運動になっています、という言葉を心で付け加えてにこりと微笑む。

院長も聖職者ではあるが、女性は慎ましくあれという頭の固いタイプではない。お陰でここに来る時には裾が短めのワンピースとブーツという非常に楽な服装でいられるのが有難かった。

「あぁ、そうでした。実は少々嫌な噂を耳にいたしまして……」

「なにかしら、遠慮なく言ってちょうだい」

和やかな空気が一変する。厳しい表情を浮かべた院長はお茶を一口飲んでからおもむろに切り出した。

「裏手の川を少し下ったところに古い倉庫があるのですが……どうやら最近、何者かが頻繁に出入りしているようなのです」

その倉庫は、主に酒を扱っている商会が仕入れた品を船で運び保管する場所だった。だが、陸路の交通網が発達した影響で使われなくなって久しい。これまでも何度かボヤ騒ぎが起きているが、自分達の商売には直接の不利益がないからと取り壊しを拒んでいるそうだ。

肝試しに侵入しただけならいい。だが最近、なにかを運び込んでいたという証言まで出てきている。警備兵に直談判した者もいるが、城下町の外れという場所のせいか、あまり深刻に捉えてもらえなかったそうだ。

知性を重んじるフーヴベルデでは、騎士や兵士といった肉体を使う職業に就きたがる者が少ないと聞いている。慢性的な人手不足の影響を実感し、アーシェリアの手が自然と拳を作った。

「わかったわ。その件は王宮で預かります」

「ありがとうございます。事件が起こる前に、どうかよろしくお願いいたします」

王族が教会や修道院を定期的に訪問するのはその特殊性にある。そこを訪れた者からもたらされる情報の中には、王宮が把握し対処すべきものが交じっていることがあるのだ。リリアンヌが更に細かな情報を訊き出していく。いずれは自分がこの役目を負わなくてはならない。アーシェリアはその内容を必死で頭に叩き込んだ。

「さっきの件、貴女から報告してもらえるかしら？」

「はいっ、承知いたしました」

帰りの馬車の中でリリアンヌから命じられる。子細な情報を訊き出したのは王妃だが、これもまた引き継ぎの一環なのだろう。部屋に戻ったアーシェリアは着替えを後回しにしてライティングデスクへと向かった。

　まずは会話の内容を書き出す。そこから情報を分類して報告書の形にしていくのだ。慣れていないせいで時間がかかってしまった。

「これを至急、エセルバート殿下へ届けてもらえる？」

「かしこまりました」

　四苦八苦しながらもなんとか任務をこなし、アーシェリアは大きく息を吐き出す。このまま机に突っ伏したくなるくらい疲れているが、まだやるべきことが残っていた。

「アーシェリア様、まずはお召し替えをいたしましょう」

「あぁ、そうだったわね」

　報告書を書くのに集中したせいですっかり忘れていた。アーシェリアは慌てて立ち上がるとクローゼットの前へと移動する。

「本当はこっちの方が動きやすくて楽なんだけど……」

　思わず心の声が漏れてしまった。苦笑いと共に聞き流してくれた侍女達は、グリッツェンでは時々ズボンを穿いていたと知ったらどんな顔をするだろうか。反応を想像してこっそり笑った。

　なんだかここ最近、生まれ故郷のことばかり思い出している。それはきっと来週王宮へとやって来る「お客様」のせいだろう。

（でも私は、フーヴベルデの王太子妃になったのよ……）

鏡の前にいるのは、最近この国で流行っているドレスを着た女性。いつもはエセルバートが贈ってくれた襟の詰まったデザインのドレスを着ていることが多いが、これは襟ぐりが四角くカットされているので胸元が強調されやすく、それを和らげるのに針子達が随分と苦労したらしい。

アーシェリアのために頑張ってくれる人達が大勢いる。それが挫けずに前を向く原動力になっていた。

翌朝――いつものように言葉少なに食事を済ませると、エセルバートが去り際に一通の手紙を渡してきた。急いで部屋に戻り緊張しながら封を開けると、たったの一文。

『空き倉庫の件は騎士団に至急調査させる』

ところどころでインクが滲んでいるのは、きっと書く時に力を入れすぎていたからだろう。以前、ブラッドリーが王太子の書いたメモを手にしているのを見たが、それは流れるようなとても美しい字体で綴（つづ）られていたはず。同じメモなのに、どうしてこうも差が出るのか。

しかも、わざわざこれを書いて寄越す手間を考えたら、朝食の席で直接伝えた方が楽なのに。

それほどまでに話をするのが嫌なのか。エセルバートからの手紙を見つめたまま、アーシェリアはぎゅっと唇を噛みしめた。

フーヴベルデの王宮は大きな水堀に囲まれている。そこに架けられた跳ね橋が下ろされる重々しい音が届くとアーシェリアは改めて姿勢を正した。

国境付近の土砂崩れ対策は十二分に施したとは聞いているが、それでも万が一のことはある。だから、間もなく到着するという先触れが届いた時は心の底からほっとした。

フーヴベルデの王宮に横付けされた馬車の側面に描かれているのは、アーシェリアにとって見慣れた紋章。懐かしさがこみ上げてくると同時になぜだか泣きたくなってきた。

奥歯を強く噛みしめて堪えていると、伴走する馬に乗っていた騎士がマントを翻しながら降り立つ。筋骨隆々とした赤毛の男が馬車の扉に手を掛け、こちらに視線を向けるなりにこりと微笑みかけてきた。

アーシェリアがつられて口元を綻ばせた瞬間、視界が深い緑色でいっぱいになる。そこに一筋の金色が揺らめき、すぐ目の前にあるのが隣にいたはずの夫の背中だと遅ればせながら気が付いた。

「ようこそいらっしゃいました。ヴァディス殿下」

低くよく通る声にはっと我に返り、急いでエセルバートと並び立った。

「エセルバート殿下、お久しぶりです。お出迎え感謝します」

扉を開けた騎士に負けず劣らず立派な体格をした男がエセルバートと握手する。挨拶を済ませるなりアーシェリアの方を向き、琥珀色の瞳をふっと細めた。

「アーシェも元気そうでなによりだ」

「はい。お兄様もお変わりないようで安心いたしました」

グリッツェン王国の王太子であり、アーシェリアの兄でもあるヴァディスが声を上げて笑う。きっとお転婆な妹が一端の淑女のように振る舞っているのがおかしくて仕方がないのだろう。抗議の意味を籠めて睨み上げるとようやく笑いを収めてくれた。

これからヴァディス一行は五日間、この王宮で過ごす予定になっている。訪問の目的はソレイヤード港で準備が進められている工事についての報告と相談と聞いていた。だが、それはあくまでも建前であり、嫁いだ妹の様子を見たかったというのが本音だろう。

六歳も離れているせいかヴァディスには過保護なところがある。子供の頃は悪戯されたり、なにかにつけて口を出してくるのを煩わしいと思っていた時期もあるが、今ではそれすらも温かい思い出になっていた。

「長旅でお疲れでしょう。晩餐までどうぞごゆっくりお過ごしください」

もう少し話をしたかったが、エセルバートによって遮られてしまった。だが、山脈越えの旅はさすがの兄も応えているはず。機会はまだあると言い聞かせながらエントランスへと歩き出した。

「お気遣いに感謝します。ですが、馬車に乗りっぱなしだったので少し身体を動かしたいのです。どこか場所をお借りできますか？」

とんでもない発言に思わず「えっ!?」と声が出そうになった。今回の旅程はアーシェリアの輿入れの時と同じだったはず。王宮に着く頃には満身創痍だったというのに、ヴァディスはまったく応えている様子がなかった。

とはいえ、優れた武人であり、常日頃から厳しい鍛錬を続けている兄と比較するのは間違いだと自分を慰める。それに、普段は自ら手綱を握って移動する人なので、馬車が窮屈だったというのも頷けた。

突然の依頼だというのにエセルバートの表情にまったく動揺は見られない。ほんの一瞬だけ視線を下に向けて思案すると、控えていた宰相を振り返った。

「騎士団の訓練場を空けるように伝えてくれ」

「承知いたしました。一時間後にはお使いいただけるよう手配いたします」

「クラマーズ殿、感謝する」

どうやら兄はブラッドリーとも顔見知りらしい。微笑みを交わす二人の間でエセルバートは相変わらず険しい表情を浮かべていた。

「ニルス、一緒に鍛錬したい者がいるか声をかけておいてくれ」

「わかりました。あぁ、私は参加いたしますのでご心配なく」

「なにを言っている。当然だ」

一騎士が主である王族と交わす会話としては随分と気安い。だが、第三騎士団を率いているニルス・アークエットだけは特別なのだ。グリッツェン王国有数の武家であるアークエット伯爵家の嫡男であり、当主である彼の父親は騎士団の総司令を務めている。

乳兄弟である兄とは剣術においてはよきライバル。そんな二人の模擬戦はとても訓練とは思えないほど豪快かつ熾烈で、騎士達の憧れにもなっていた。

「お兄様、くれぐれも迷惑をかけないようにしてくださいね」

ただでさえ野蛮な国だと思われているのだ。派手な打ち合いをしたらあっという間に悪評が広まるに違いない。アーシェリアの評判にも繋がるのだから気を付けてくれ、という意味を籠めたのだが伝わっているかは怪しかった。

「大丈夫ですよ。ヴァディス様は私がしっかり見ておきますので」

「……わたくしはニルスにも言ったつもりなのだけど」

「ははっ、姫様は相変わらず手厳しい」

ニルスが声を上げて笑いながら身を屈め、アーシェリアの顔をひょいと覗き込んできた。れっきとした成人だというのに、今でも彼の中では幼い子供のままなのだろう。さすがに頭を撫でたら怒るわよ、という意味を籠めて軽く睨むと、更に愉しげに目を細めた。

こんな些細なやり取りすらも懐かしく思えてくる。ニルスも同じ気持ちなのか、いつもより眼差しが優しげに見えた。

――のも束の間、ふと視線を上げたニルスは小さく肩を揺らすと素早く体勢を元に戻し、「また後ほど」と告げて離れていく。なにかあったのかと見回してみたものの、斜め後ろにエセルバートがいるだけで特に変わった様子は見られなかった。

「鍛錬に夢中になって、晩餐に遅れないでくださいね」

「あぁ……気を付けるよ」

ヴァディスはなぜか苦笑いを浮かべつつ、客間のある棟の方へと案内されていった。

私室へと戻ったアーシェリアは届いたばかりの書状にざっと目を通し、返事が要るものと要らないものに仕分けをする。その作業が一段落するのを見計らったように、侍女の中で最年少であるフェリがおずおずといった様子で訊ねてきた。

「あの、グリッツェンの殿方は、皆様あのように立派な体格をなさっているのでしょうか？」

まだ年若い彼女の目には、がっちりとしたグリッツェンの王太子と騎士団が恐ろしい存在として映ったのだろう。申し訳ない気持ちでいっぱいになりながら、淹れてくれた紅茶を一口飲んだ。

「彼らはお兄様の警護を主な任務としているの。だから騎士団の中でも特に大柄な騎士が配置されているわ」

「左様でございますか……」

護衛対象よりも小柄な騎士では恰好がつかないのだと告げると、フェリはしきりに頷いている。どうしてそんなにそわそわしているのだろうか。彼らは難関試験を突破し、毎日厳しい訓練を受けている精鋭だ。王族に侍る者としての礼儀作法もちゃんと身につけている。それでもなお「野蛮」だと思われてしまうのは少し腹立たしくもあり、それ以上に悲しかった。

果たしてこの溝はいつになったら埋まるのだろうか。すっかり慣れたはずのコルセットが不意に窮屈に感じてきたのを咄嗟に笑顔で誤魔化した。

「もし苦手なのであれば、晩餐の付き添いは他の……」

「いっ、いえ！　そういう意味ではございません」

急に慌てた様子で否定され、アーシェリアはぽかんとする。侍女が主の言葉を遮るのは礼儀に反している。本来は注意すべきなのだが、頬を真っ赤に染めた彼女を前にしてそんなことはすっかり頭から抜けてしまった。

「もしかして……フェリは大柄の男性が好みなの？」

「…………は、ぃ」

フーヴベルデの中では特殊な好みなので、ずっと誰にも言えなかったのだとか細い声で打ち明けてくれた。当然ながら好みは人それぞれだが、フーヴベルデにもフェリのような女性もいるのだと知って嬉しくなった。

「お兄様達は朝も鍛錬するはずだわ。よければフェリが当番の時に見学に行きましょう」

「よろしいのですか……？　ありがとうございます！」

兄は既に二人の子持ちで、その幼馴染もアーシェリアが輿入れする少し前に結婚している。だが、同行した騎士の中にはフェリと年が近くて独身の者もいるはずだ。無理に紹介するつもりはないけれど、いい出会いがあったらそれはそれで喜ばしい。

そしてチャンスは滞在三日目に訪れた。

「お兄様、おはようございます」

打ち合いが終わったのを見計らい、アーシェリアが声をかける。タオルを受け取ったヴァディスは一瞬目を丸くしてからぱっと破顔した。

「あぁ、おはよう。お前が早起きするなんてどういう風の吹き回しだ？」

「……わたくしも成長しましたのよ」

この場には侍女だけでなく、フーヴベルデの護衛騎士もいる。挨拶のついでにさりげなく寝起きの悪さを暴露しないでほしい。ひく、と口元を引き攣らせてからこれ以上余計なことは言うなと目で訴えた。

アーシェリアが斜め後ろを見遣ると、早くもフェリが頬を紅潮させている。逞しい騎士達が訓練に汗を流す姿を食い入るように見つめている様に、思わず小さな笑みを零した。

「妃殿下。おはようございます」

ニルスは部下の体術訓練に付き合っているはず。途中で切り上げさせて申し訳ないと思いつつ彼のいた場所へと目を遣ると、入団したばかりと思しき若者が地面に転がっていた。

「おはよう、ニルスの体術は相変わらず見事ね」

アーシェリアはにこやかに挨拶を返す。内心では「姫様」と呼ばれなかったことに安堵していたが、それは悟られずに済んだらしい。

幼い頃からそう呼んでいたので、ニルスからすれば愛称のような感覚なのだろう。だが、事情を知らない人間が耳にすれば、エセルバートとの婚姻を認めていないように捉えられる危険があった。

訓練場に行く約束をした後にフェリからそっとそう指摘され、アーシェリアは大急ぎで兄へ呼び方に気を付けるよう言伝した。ニルスが頼みを聞いてくれて安心した反面、もう一人の兄とも言える存在との距離を感じ、少しだけ寂しさを覚えた。

「私はこちらの方が得意ですからね」

いくら剣術を極めていても武器を失ってしまったら役に立たない。その身一つで敵と渡り合えるようにと騎士団では両方の訓練が欠かせないのだ。

そしてなにを隠そう、アーシェリアの体術の先生は目の前にいるニルスだった。両親からは剣術の訓練のみを許されていたが、女性はむしろ剣を持ち歩けない場面が多いだろうとこっそり教えてくれていた。

久しぶりに熱気溢れる光景を前にして身体がむずむずしてきた。就寝前の寝室で密かに体術の練習は続けていたし、孤児院での追いかけっこで発散していたけどやっぱり物足りない。そんな気持ちを見透かしたかのようにニルスがすっと身を屈め、思わせぶりに微笑んだ。

「せっかくですから、妃殿下も鍛錬に参加なさいますか？」

「……遠慮しておくわ」

本当なら素振りくらいはやりたいのだが、当然ながら今の立場ではできるはずがない。断るとわかった上で誘ってきたのは呼び方を変えさせた仕返しだろう。アーシェリアが低い声で答えたのと同時に周囲がざわりと揺れた。

「エセルバート殿下。おはようございます」

「えっ……？」

ヴァディスの声にぱっと振り返ると、そこには輝かんばかりの美貌を湛えた細身の男の姿があった。

「おはようございます。私のことはどうかお気になさらず」

どうしてここに？　驚きのあまり言葉を失っているとエセルバートが手にしているものに気付く。どうやら彼もまた鍛錬に来たらしい。シンプルな稽古着であっても気品を損なわないから実に不思議だ。初めて目にする姿に思わず見惚れていると、エセルバートはいつものようにこちらを一瞥しただけでさっさと訓練場の奥へ行ってしまった。

「お兄様、殿下は毎朝いらしているのですか？」

「いいや？　初めてだ」

「そうなのね。どうして今日に限って……」

よりによってアーシェリアが顔を出した日に鉢合わせするとは。頑張って早起きはしたものの、急いで支度をしたのでドレスも簡単に着られるものだった。一つに緩く編んだだけの髪がほつれていないか気にしていると、ヴァディスはなにかを言いたげな顔をしていた。

最初はピンチだと思ってしまったが、むしろこれはチャンスなのかもしれない。夫が鍛錬する姿を見学するまたとない機会である。建物の陰に行ってしまったが、覗いてみようと決意した。

だが、顔見知りの騎士達が次々と挨拶に来るのでなかなかその場から離れられない。ようやく一段落したと思いきや、エセルバートが戻ってきたことでせっかくのチャンスが失われてしまったとわかった。訓練場を出ていこうとする背にヴァディスが声をかけた。

「殿下、せっかくですから、我が国の騎士と軽く手合わせ願えませんか？」

「お兄様、それは……！」

アーシェリアが止めようとしたが、エセルバートはすぐさま「是非」と快諾してしまった。いくら文武両道の「完璧王子」と呼ばれているとはいえ、武の国であるグリッツェンの騎士と手合わせするなんて危険すぎる。

（万が一、殿下に怪我でもさせたら大変なことになるのに……！）

どうにかして止めないと、と焦っているのはアーシェリアだけらしい。グリッツェンの騎士達は誰が相手に選ばれるかに興味津々で、フーヴベルデの護衛もにこやかに成り行きを見守っていた。

「妃殿下、ご安心ください。エセルバート殿下も相当な腕をお持ちですから」

「そうだけど、やっぱり危険だわ」

騎士達はまたとない機会に色めき立っている。これは誰を選んでも揉めるだろうと判断したのか、ヴァディスがとんでもない提案を切り出した。

「ここは一つ、殿下がご指名ください」

私でも結構ですよ、と言い添えるあたりに姑息さが見え隠れする。一応は職権乱用にならないように気を使っているらしい。

エセルバートは騎士団の面々を冷ややかな目で見渡してから一歩踏み出した。土に混じった石がじゃりっと音を鳴らした瞬間、嫌な予感が頭をよぎる。

「アークエット殿、手合わせを頼めるか」

「光栄です、殿下」

(よりによってニルスを選ぶなんて!!)

いくらエセルバートの腕が立つといってもあまりにも無謀だ。理由をつけて辞退するようニルスへ目で訴えてみたものの、本人は気付かないふりをしていそいそと準備をはじめてしまった。

「お兄様……!」

「まぁまぁ、あの二人なら心配ないよ」

なにを根拠に断言するのかアーシェリアにはさっぱりわからない。二人は訓練場の中央に向かい、刃を潰した練習用の剣を構えた。

「武器を落とす、もしくは背中を地面に付けたら終了とする。……はじめ!」

ヴァディスが高らかに開始の合図を出す。皆が注目する中、先に動いたのはニルスの方だった。

大きな体躯からは想像がつかないほどの素早さで距離を詰め、叩きつけるように剣を振り下ろす。重さとスピードを乗せた一撃は受け止めただけで相当なダメージを負ってしまうに違いない。

誰もが固唾を呑んで見守る中、エセルバートがすっと腰を落とした。剣がぶつかり合い、甲高い音が響く。重い攻撃を防いだ剣が素早く右に薙ぎ払われ、ニルスの身体がぐらりと傾いだ。

エセルバートはすかさず左の脇腹を狙う。だがその攻撃は体勢を立て直したニルスが振り上げた剣によって防がれた。

この反応を予想していたのだろうか。エセルバートは瞬時に手を返すなり再び攻撃を繰り出し、間髪いれずに次の一手を打って出る。

「すげぇ……団長が押されているぞ」

「ま、まさか！　まだ本気を出してないだけだろ」

ニルスより頭一つ低く、ほっそりとした体躯をしたエセルバートが猛攻を繰り出す姿に誰もが圧倒されていた。だが、グリッツェンの騎士がやられっぱなしで終わるはずがない。ニルスが僅かな隙を見逃さず攻勢に転じた。

エセルバートも奮闘しているものの少しずつ後退していく。このまま押しきられるのかと思いきや、またもや攻守が入れ替わった。

この場にいる者の大半はニルスの圧勝で終わると予想していただろう。だが、知の国の王太子は武の国の騎士団長と互角に渡り合っている。凄まじい攻防戦に瞬きする暇もなく、息をするのを忘れて見入っていた。

　エセルバートが上からの攻撃を間一髪で避け、獲物を取り逃がした剣を地面へ打ち落とそうとする。だがニルスも負けてはいない。刃の先端が土に埋まるほどの勢いだったのにもかかわらず、手は決して柄から離さなかった。上から押さえつけられてもなお抵抗を続け、じりじりと刃を地面から引き抜こうとしている。

　今回は相手を倒れさせるか剣を落とさせれば勝ちである。もしアーシェリアがエセルバートの立場だったら、やはり同じように後者を狙うだろう。

　どちらとも一歩も引かず睨み合いが続く中、ニルスの唇がなにかを紡いだように見える。だが、アーシェリアのいる場所まで声は届かなかった。

　エセルバートはなにも返さない。しかし次の瞬間、全身からぶわりと怒気が噴き出した。ニルスが剣を引き抜くと同時に土埃が舞い、再びエセルバートに襲いかかる。防御に徹するのかと思いきや、エセルバートもまた剣を大きく振りかぶった。

　剣が激しくぶつかり合い、ひときわ高い音が早朝の空に鳴り響く。

　その刹那(せつな)、二人の身体が勢いよく後ろへはじけ飛んだ。

　一つに結ばれた金の髪が大きな弧を描く。アーシェリアは思わずひゅっと喉を鳴らした。

「そこまで！」

　ヴァディスの宣言によって激闘と化した手合わせに幕が下ろされる。見守っていた者達

は誰もが目の前の光景に言葉を失っていた。

「嘘、だろ……」

ニルスは剣を放さなかったもののバランスを崩したらしい。仰向けに倒れた状態で荒い呼吸を繰り返していた。

一方のエセルバートは片膝をついた姿勢を辛うじて維持している。

そして、ほっそりとした右手にはしっかりと剣が握りしめられていた。

つまりこの勝負は――完璧王子の勝利で幕を閉じた。

「殿下、お見事でした」

ヴァディスの称賛を受けて、エセルバートは剣を支えにしてゆっくりと立ち上がる。まだ戦いの興奮が冷めていないのか、額に汗を浮かべた美貌にはいつも以上に険しい表情が乗せられていた。なんと声をかけるべきか必死で考えていると、陽気な声によって思考が遮られる。

「いやはや、聞きしに勝る腕前ですね」

「ニルス！　大丈夫なの？」

頭の後ろを手でさすっているので、もしかすると受け身を取れなかったかもしれない。あれだけ凄まじい勢いで吹っ飛ばされたのなら無理もないだろう。思わずアーシェリアが駆け寄るとニルスが決まり悪そうに笑った。

「えぇ、任務には支障ありません」

「それならいいけど……」

王宮にいるうちは問題ないかもしれないが、またあの過酷な国境越えをしなくてはならないのだ。いくらなんでも浮かれすぎだと叱ると、ニルスが不満げな表情を浮かべた。

「そう言われましても、私も本気にならざるを得なかったのですよ」

「そうだったの？」

全力を出したニルスが負けたのであれば、エセルバートの実力は本物なのだろう。感心する一方で、単なる手合わせなのにとも思う。エセルバートからは殺気さえ感じられた。ニルスはその問いに答えず、対戦相手の方へすたすたと歩いて行ってしまった。

「とてもいい経験になりました。是非またお願いいたします」

「……考えておこう」

握手を交わす二人を見たら勝敗を勘違いするに違いない。にこやかなニルスとは対照的にエセルバートは更に表情を険しくすると、そのまま訓練場を後にした。

「……お怪我はなかったのかしら」

離れていく後ろ姿を眺めながらアーシェリアが呟く。いつもと変わらずしっかりとした足取りをしている。見事な勝利を収めたというのに、どうしてあんなに機嫌が悪そうだったのだろう。

「アーシェもそろそろ戻った方がいい」

「そうね……邪魔したわ」

ヴァディスに促され、アーシェリアは懐かしい面々に挨拶をしてから部屋に戻る。その道すがら、斜め後ろを歩く侍女にそっと耳打ちした。

「誰か気になる人はいた？」

「あの……皆様、本当にお見事で…………」

なにが見事だったのかは訊かなくてもわかる。笑みを零すとフェリがぽっと頬を染めた。こんなに楽しい気分になったのは久しぶりかもしれない。ハプニングがあったものの、頑張って早起きした甲斐があった。

足取り軽やかに廊下を進むアーシェリアは、この後に起こる出来事など想像もしていなかった。


「アーシェリア様、そろそろお時間でございます」

侍女の呼びかけにペンを持つ手が一瞬止まる。だが、すぐに金属が紙の上を滑る音が響きはじめた。

「これを書き終わったら行くわ」

「ですが……」

「いつも殿下は遅れていらっしゃるから、少しくらい大丈夫よ」

よりによって兄達が滞在している期間と房事の日が重なるなんて。延期した方がいいのではと言いそうになったが、これもまた王太子妃の重要な務めだと思い直した。日取りはアーシェリアの健康状態を最もよく知る王宮付きの医師が決めている。アドバイスに従わなければ、また「失敗」してしまうかもしれない。

王族は結婚すれば、すぐさま後継を望まれるのは当然のこと。それが政略結婚であれば尚更だ。初夜で成せるのが最も喜ばしいのだが、残念ながらアーシェリアには二回目の後も妊娠の兆候が見られなかった。

国王や王妃はなにも言ってこないが、そろそろ貴族達が恰好の攻撃材料にしてくるだろう。フーヴベルデ王族は側妃や妾(めかけ)を認めていないので、孕(はら)まないなら離婚しろと迫られる可能性も考えられた。

とはいえ、通常の公務の他に兄達の歓待があるのでいつも以上に忙しい。時間を見つけては両親や友人へ手紙を書いているが、伝えたいことが多すぎてなかなか進んでいなかった。

だがこれは、ヴァディス王太子一行がグリッツェンへ発つ日までに書き終えなくてはならない。どうせ時間通りに行ったところで、アーシェリアに輪をかけて多忙なエセルバートは遅れてくるだろう。それなら漫然と待つよりペンを走らせていた方が時間を有意義に使える。

もしかするといつぞやのように中止になるかもしれない、と思いつつ完成させた手紙に封を施した。

「ええと……これで残るは二通ね」

リストにチェックを入れ、ようやくライティングデスクから立ち上がる。そのまま夫婦の寝室へ向かおうとすると慌てたように侍女が近付いてきた。

「アーシェリア様、お手が……」

「えっ？　あ、いつの間に付いたのかしら」

急いで書いていたせいか、便箋を押さえていた左手の指先がインクで汚れている。一度付いてしまうとなかなか取れない。今はもう時間がない。濡れたタオルでごしごしと擦ってなんとか目立たない程度にした。

姿見で全身をチェックしてから寝室へと繫がる扉へ向かう。普段は掛けたままにしている鍵を開いて把手を押すと、目に入った光景に小さく息を呑んだ。

なんと、暖炉の前にあるソファーに早くもエセルバートが座っているではないか。手にしたグラスが空になっているのから察するに、時間ぴったりに来ていたのかもしれない。

「あっ……あの、遅くなりまして、申し訳ございません」

どうして今日に限って時間通りに来たのだろう。アーシェリアは急ぎ足でそちらに向かうと、謝罪の言葉を口にした。閉じられつつある扉の向こうに侍女の心配そうな顔があったが、それもすぐに見えなくなってしまった。

謝罪は聞こえているはずなのに、エセルバートは暖炉の炎を見つめたまま微動だにしない。完璧に整えられた夫婦の寝室に重苦しい沈黙が流れる。これから房事だというのにこの空気は非常によろしくない。アーシェリアは慌てて事情を打ち明けた。

「実は、兄に預ける手紙を書くのに夢中になってしまって、それで遅れてしまいました」

二国間の行き来は容易ではないし、一回で運べるものの量にも限界がある。その点、兄に託せば安全かつ確実に届けてもらえるからとあれこれ欲張ってしまったと告げる。さすがに遅れても平気だと高を括っていたとは言いづらい。

エセルバートは相変わらず無反応で、納得しているのかしていないのかわからない。もう一度ちゃんと謝った方がいいのか考えていると、ようやくソファーの背に預けていた身を起こした。

テーブルに伸ばされた手の先にあるのは、見覚えのある酒瓶。蜂蜜色に輝く液体が小さなグラスに注がれるのを見つめていると、エセルバートがそれを手に立ち上がった。

「飲め」

冷ややかな声で下された命令にアーシェリアはびくりと身を震わせる。とても断れる雰囲気でもなければ立場でもない。恐る恐る差し出した指先に冷たくて硬いものが触れた。

前回の房事の時も同じものを飲まされたはず。これは一体なんなのか、この酒席を用意している侍女に訊ねてみた。すると彼女は言いにくそうにしながらも「男女の交わりを円滑にする薬草酒」だと教えてくれた。

つまり、これには催淫作用がある。特に初めての時やまだ慣れていない女性にとっては苦痛を和らげる効果もあるので、もしかしたらエセルバートは気遣ってくれているのかもしれない。

だけど、これを飲んでしまうと意識が朧になってしまう。現実なのか、自分の願望が見せた妄想なのか余計にわからなくなってしまうのだ。だけど目の前には早くしろと言わんばかりに無表情の夫が立ちはだかっている。

「……それは、なくても結構です」

やんわり拒否してみた。その言葉にエセルバートは眉根を寄せる。もしかして無理やり飲まされるかも、と身構えたものの、幸いにもテーブルへと戻された。

グラスを持っていた手がアーシェリアの腕を掴み、そのままベッドのある方向へと足早に連れていかれる。よろけた拍子に抱きかかえられ、そのまま放られた。

「きゃっ……」

ベッドへと少々乱暴に落とされ、思わず小さな悲鳴を上げる。仰向けになったアーシェリアへとすぐさまほっそりとした身体が覆い被さってきた。

「でん、か……」

「あの男に手紙を書いていたのか？」

エセルバートの顔が揺れる視界いっぱいに映し出される。あまりにも近くて焦点が合わないが、眩い美貌が怒りの色に染まっているのだけはわかった。

「あの男」が誰を指しているのかさっぱりわからない。訊ねようとするより先に唸るような声が耳朶を揺らした。

「インクが付いていても気付かないほどとは、随分と熱心だな」

「あっ……これは…………っ」

　左手を持ち上げられ、残った汚れを指摘された。ごく薄い染みだというのにどうして気付かれたのだろう。

　アーシェリアが直前に書いていたのは兄の妻に宛てた手紙。現在三人目を妊娠中である義姉から名前を相談されていて、あれこれ候補を考えていたので熱心になっていたのは事実だった。

　だけどエセルバートは「男」と言っていた。歪んだ薄い唇をアーシェリアはただぼんやりと見つめていた。

「残念だが諦めろ。君は私と結婚してフーヴベルデの人間になった。帰ったところで居場所はない」

「それ、は……どういう、意味で……」

「もし逃げたら、ソレイヤード港の整備はすべて白紙になる。それだけは忘れるな」

　叩きつけられた言葉の数々が胸に容赦なく突き刺さる。つまりアーシェリアは単に技術提供の見返りとして差し出されたのだと、はっきりエセルバートの口から告げられたのだ。

　その意味を理解した瞬間、ずっと胸の奥に大事に仕舞ってあった思い出が音を立てて砕け散った。

　酷薄な笑みを浮かべたエセルバートがなにも言い返さないアーシェリアの頬を撫でる。顔を背けて避けようとしたものの、顎を摑まれて元の位置へと戻された。

「ここまで言ってもまだ逃げようとするのか？」

「逃げ、ま……せん」

「その言葉を忘れるな」

くくっと喉奥を鳴らして笑っているのは、本当に十年前に会ったあの天使のような少年なのだろうか。処理しきれなくなった感情が涙となって目尻からぽろりと零れ落ちた。

「泣いたところで、状況はなにも変わらない」

容赦なく突き付けられた言葉に新しい涙がこみ上げてくる。だが、これ以上傷ついた姿を見られたくないと奥歯を噛みしめて必死で堪えた。努力の甲斐はあったのだろう。指先で涙を拭った手がアーシェリアの顔を挟みこみ、ゆるりと弧を描いた唇が迫ってきた。

「……んぅっ！」

噛みつくようなキスに思わずくぐもった声が漏れる。驚きと痛みに支配されているうちに舌先が口内へと侵入し、逃げ遅れた舌にねっとりと絡みついてきた。ざらついた面を何度も擦り合わせ、裏側をつうっと撫でられる。

ぞくぞくとした感覚と息苦しさに翻弄され、解放された頃には指すら動かすのが億劫になっていた。

「おや、もうここが硬くなっている。もしかして苦しい方が好きなのか？」

「ちがっ、います……やっ、あぁっ！」

ガウンの袷を強引に開かれ、ネグリジェ越しに胸の先端を指先で弄ばれた。ぷくりと立ち上がり、存在を主張しているのが薄いレースから透けて見える。恥ずかしさのあまり顔を背けると更にきつく摘まみ上げられた。

「こんなにいやらしい身体になってしまっては、もうどこにも行けないな」

どうしてエセルバートはアーシェリアが故国に帰りたがっていると思っているのだろう。理由を問おうとした声はぶちっという音によってかき消された。

今日のネグリジェは袖がふんわりとした膝丈のワンピース。前開きで大きめのボタンが付いているので脱がせるのはそう難しくないはず。だけどボタンを外さず、生地を引きちぎらんばかりに開かれた。

普段は感情を押し殺したようなエセルバートが怒りを顕わにしている。膝を割られ、強引な手付きで下着を奪われてしまった。

「こっちも準備が整っているな」

「やっ、そんなとこっ……見ないで、くださ………っ、きゃああ――ッッ!!」

潤った秘部を眺めていた翠眼がすっと細められ、更に迫ってくる。止めようと手を伸ばしかけたアーシェリアの身体を凄まじい衝撃が駆け抜けた。指よりも柔らかく、そして湿ったものが陰核を撫でる。包み込まれるかのような感覚に、遅ればせながら舐められたのだと気が付いた。

反射的に脚を閉じると内腿をさらりとした髪がくすぐる。これでは頭を挟んで固定してしまうではないか。逆効果になると気付き、今度は手を伸ばして引き剝がそうと試みたがうまく力が入らない。

結局は頭に触れただけ、指先で長めの前髪を乱すことしかできなかった。

「おねがっ、い……も、やっ……め、て………っ……！」

必死の懇願も虚しくきつく吸い付かれ、目の前で小さな火花が散る。お腹の奥に切なさが募り今にも弾け飛びそうだ。この追いつめられるような感覚は未だに慣れない。なんとか逃れようともがくアーシェリアの腰がぐっと押さえ付けられた。

秘豆に硬いものが当たり、上と下から挟まれる。鋭い痛みが決定打となってアーシェリアは声を出す余裕もなく達した。

「やっぱり、痛い方が感じやすいのか」

違うと言いたいのに息がうまくできない。辛うじて頭を左右に揺らしたものの、ふっと鼻を鳴らして一笑に付されてしまった。ぐったりとベッドに沈んだ妻を見下ろしながらエセルバートが服を脱いでいく。己の裸体を見せつけるかのような仕草は、これから起ることを告げているようでもあった。

これでは相手の思う壺だ。美しく引きしまった身体から視線を引き剝がし、アーシェリアはきつく目を閉じたまま顔を背けた。

「さぁ、全部脱ぐんだ」

「きゃっ………！」

不意にうつ伏せにされ、ガウンもろともネグリジェが腕から抜かれる。エセルバートの目には今、自分の裸の後ろ姿が映っている。それを想像しただけでまたもや頬が熱くなってきた。一方的に見られているのは恥ずかしくて仕方がない。投げ出された手がシーツを握りしめると、手首を押さえ付けられた。

「まだ逃げる元気があったのか」

「ち、がっ……」

「だったら、遠慮する必要はないな」

手首が拘束から解放されたと思いきや、今度は両手で腰を摑まれた。そのまま持ち上げられて強引に膝を立てられる。自分がお尻だけを突き出している体勢になっているのに気付いた瞬間、濡れそぼった隘路（あいろ）を肉竿が勢いよくこじ開けた。

「あっ……ぅ、くっ……」

いくら柔らかく解れているとはいえ、ようやく形に慣れはじめたばかり。しかもこれまでとは違う角度から侵入されたので初めても同然だった。知らない場所を容赦なく抉られたアーシェリアの身体が小刻みに震える。

「奥を突かれるのが好きだったな」

更に腰を引き寄せられ、最奥へと先端が押し付けられた。あまりの圧迫感に息が止まる。半分ほど抜いては勢いをつけて奥を突くのを繰り返され、アーシェリアの身体は徐々に苦しさの中に交じる快楽を拾いはじめた。

「ひぁ……っ、あっ……んん……っ！」

濡れた肌がぶつかり合う音が夫婦の寝室を満たす。なんとか声を抑えようとシーツに顔を埋めたが、エセルバートはそれが気に入らなかったらしい。ぐっと体重をかけて最奥まで肉茎を咥えさせ、腰から離した手を胸の下へと滑り込ませてきた。

「やあっ……一緒は、だ、め…………っ、ゆる、し……てっ……!!」

「こんなに締め付けておいて駄目なのか？」

鷲掴みにされた膨らみがぐにぐにと揉みしだかれる。逃れようにも上からの重みで身動きができない。前回の房事でこの場所を執拗に愛でられた記憶が不意に蘇り、アーシェリアはぎゅっと目を閉じた。

「あ……ぁっ！」

腰が円を描くように動かされ、堪らずアーシェリアが高い声で啼く。とめどなく溢れる愛液を潤滑剤として窄まった肉襞をかき混ぜられてはひとたまりもない。首筋を熱い吐息が撫でているのに気付いた途端、胎の奥から疼きが一気に迸ってきた。

「ほら、イけ…………っ！」

まさかエセルバートがこんな乱暴な言葉を口にするはずがない。頭では否定しながらも、まったく同じ声で命じられてはとても抗えなかった。勢いよく腰を叩きつけられ、同時に首の後ろに歯を立てられる。まるで獲物を仕留めるかのような仕草に悲鳴にも似た声を上げた。

「きゃっ…………ああああ――――ッッ!!」

アーシェリアへと突き立てられた肉竿が大きく脈を打つ。二度、三度と噴き付けられた熱がじわじわと全身へ広がっていくのを感じた。

（お願い、今度こそ……身籠もりますように）

急激に遠のいていく意識の中、必死で願うアーシェリアの身体がきつく抱きしめられる。だが、その相手がどんな顔をしていたのかを確かめるより先に瞼が下りてしまった。


エセルバートは腕の中で眠る妻を食い入るように見つめていた。

薄く開かれた唇からは穏やかな寝息が聞こえる。ランプの淡い灯りに照らされ、目尻に残った雫がきらりと光った。

『私が勝ったら、姫様を連れて帰らせていただきますよ』

鮮やかな赤毛の男がエセルバートにだけ聞こえるように囁いた。厳つい顔に浮かんだ不敵な笑みを目にした瞬間、腹の底からぶわりと熱いものが迸ったのを憶えている。

それは侮辱された怒りだけではない。焦燥と、そして——嫉妬（しっと）。おおよそ綺麗とは言い難い感情に支配されたまま無我夢中で剣を振るい、辛うじて勝利を摑み取った。

王族同士の婚姻はそう簡単に解消できないことは当然知っている。頭ではわかっていたというのに安い挑発に乗ってしまったのは、会談の際に義兄から受けた警告のせいだった。

「どうも世間では、フーヴベルデの王太子夫妻は良好な関係を築けていない……という噂があるようですね」

あの時、返答に窮したのは迂闊だったとしか言いようがない。外交の場だというのに動揺が顔に出ていたのか、ヴァディスに苦笑いされてしまった。

噂の出所は保守派の貴族だと推察できる。たとえ夫婦になってもグリッツェンとは相容れないという意識を国民に植え付け、アーシェリアを追い払おうとしているのが容易に想像できた。

それを覆すには人前で仲睦(なかむつ)まじい姿を見せればいい。両親を筆頭に幼馴染である宰相と幼い頃を知る乳母には散々「優しく接しなさい」と諭されているし、アーシェリアの侍女達からも無言の圧力をかけられているのは気付いていた。

頭ではわかっている。フーヴベルデのため、そしてエセルバートのために日々努力を怠らない妻を褒め、優しく接してあげたい。だけどいざアーシェリアの前に出てしまうと、冷静を装うので精一杯だった。

それでも最近、ようやく少し会話ができるようになって油断していたのかもしれない。妻の兄と、そしてかつて結婚の話があったという彼女の幼馴染の訪問により不安が一気に膨れ上がってしまった。

ようやく傍に置けたというのに、奪われてしまうかもしれない。冷静さを失った挙句、心にもない言葉を投げつけ、大事な妻を傷付けてしまった。

「アーシェ……本当に、ごめん…………」

深い眠りについたアーシェリアには、絞り出すような謝罪の声は届いていなかった。

いよいよ明日、グリッツェンの王太子は帰国の途に就く。フーヴベルデ王宮で過ごす最後の夜は高位貴族を招いたパーティーが催された。

主賓の実妹とはいえ、この国の王太子妃であるアーシェリアは主催側だ。挨拶に回りながら招待客に不便がないか目を配っていた。

「ごきげんよう、アーシェリア妃殿下」

パーティーも終盤に差しかかったその時、一人の令嬢から声をかけられた。振り返らなくても声を聞いただけで誰かはわかる。アーシェリアは嫌悪を笑顔で素早く塗り潰すとゆっくり身体を反転させた。

「ごきげんよう、ロクサーナ嬢。ご出席いただき感謝いたします」

「とんでもございませんわ。招待状を受け取った時、これは夢ではないかと思ってしまったほどですのよ!?」

コンプトン侯爵家の一人娘、ロクサーナが甲高い声で語る。フーヴベルデに四つしかない侯爵家の人間を招待しないなんてあり得ないというのに、過剰なほど喜んでみせるのは明らかに皮肉だろう。

グリッツェンからやって来た姫に王太子妃の座を奪われ、悔しがっている令嬢は数多くいる。今まさにアーシェリアの前にいるロクサーナがその筆頭で、顔を合わせるたびにありとあらゆる方向から口撃を仕掛けられていた。

言いたいことがあるならストレートに言った方が楽なのに、どうしてわざわざ遠回しな言い方をするのだろうか。不毛なやり取りには未だに慣れなくて、徐々に不快感が募っていく。

だが、ここで強引に会話を切り上げたら愛想のない王太子妃だと吹聴されるのは火を見るよりも明らかだ。アーシェリアはロクサーナの斜め後ろに佇む令嬢へと視線を向けた。

「エリヤ嬢もお越しいただきありがとうございます」

「こちらこそ。わたくしのような者まで招待していただけるなんて……感激で胸がいっぱいでございます」

ブロイ伯爵家の娘であるエリヤの返答もまた大袈裟にもほどがある。まるでアーシェリアが、しかるべき集まりに彼女達を招待しなかったことがあるようにも捉えられるが、そのような事実はない。わざと誤解を招くような物言いに内心で溜息をついた。

ロクサーナには友人という名の取り巻きが大勢おり、その中でもエリヤとは最も仲がいい。アーシェリアの知る限り、社交の場では常に一緒に行動していた。

とはいえ、エリヤも単なる引き立て役で終わるつもりはないらしい。ロクサーナが可愛らしさをアピールした桃色のふわふわとしたドレスなのに対し、エリヤのドレスは薄いグリーンで装飾も少ない。わざと控え目な衣装にすることで清楚なイメージを印象付ける作戦だろう。

　この二人とはできるだけ接触したくない。今日も追いかけてくるのをさりげなく躱し続けていたのだ。その執念深さを別のものに向けたらいかがですか、と言いそうになるのを必死で堪えつつ、笑顔が崩れないように注意する。

「そこまで楽しみにしてくださったのですね。ご期待に沿えたパーティーになっていればよいのですが」

「ええ、これまでわたくしが参加してきた王宮での催しは、どれも素晴らしかったですわ。不満に思ったことなど一度たりともございません」

　どうやらロクサーナは、お前が嫁いできたからといってなにも変わっていないのだと言いたいらしい。称賛の中に仕込まれた皮肉に気付かないふりをしてアーシェリアも負けじと返す。

「それを聞いて安心いたしました。わたくしが初めて挨拶をさせていただいた際も、コンプトン侯爵家の皆様から沢山のお祝いのお言葉をいただきましたから。あの時は本当に嬉しかったです」

「え、えぇ……そう、でしたわね」

　ずっと余裕の表情を浮かべていたロクサーナが言い淀む。失礼、と告げて傍らのテーブルからグラスを手にさせる程度にはダメージを与えられたようだ。

　王太子妃のお披露目もれっきとした王宮の催しである。あの時、両親と共にやって来たロクサーナは射殺さんばかりの視線をアーシェリアに向けてきた。後に侍女達から聞いた話によると、世間では彼女が王太子妃の最有力候補だと言われていたらしい。

　それで納得して彼女の態度を水に流したのだが、少しくらい反撃しても構わないはず。これで引き下がるかと思いきや、エリヤがおずおずといった様子で口を開いた。

「たしかに今宵のパーティーも素晴らしいですわ。ですが、いつもと雰囲気が違っていますので、わたくしのような不慣れな者は少々戸惑ってしまいますの」

　怯えた表情を浮かべながらちらりと視線を向けた先には——ヴァディスの姿があった。たしかに今日はグリッツェンの王太子が主賓で、グリッツェンの技官や護衛も会場の至るところにいるので彼女達が違和感を覚えるのも無理はない。だが、それをアーシェリアに打ち明けるあたり、底意地の悪さが透けて見えた。

「慣れないというか……合わないと言った方が正しいのかしら」

「ええ、ロクサーナ様の仰る通りですわ」

「それは、どういう意味でしょうか？」

　思わず詰問するような口調になると、エリヤがさっと表情を強張らせる。震える手で口元を隠すほんの僅かな瞬間、そこに不敵な笑みが浮かんでいるのを見逃さなかった。

　しまった、と思った時にはもう遅い。すかさずロクサーナが友人を庇うように一歩前に出てきた。

「妃殿下、どうか落ち着いてくださいませ……！」

芝居がかった物言いに周囲から視線が集中する。ギャラリーが出来上がるのを見計らってからロクサーナが胸の前で両手を組み、懇願するようにアーシェリアを見上げてきた。

「森の草花は海の水にて種は育たず、ですわ。水をあげればあげるほど早く花は枯れてしまうのです」

悲しげな声で告げられた言葉にアーシェリアはぐっと言葉を詰まらせる。婉曲的な表現ではあるもののなにを意味しているのか、この場にいる者は気付いたに違いない。

「殿下ご自身も、お気付きになっているのではないですか？」

「それ、は……」

違うと大きな声で叫びたかった。

だが、フーヴベルデとグリッツェンが長い間敵対関係であったのは紛うことなき事実。いくら国交を復活させ、王族同士で縁組をしても世継ぎの兆候が見られないのは、二国が「相容れない同士」だからなのだと言われても反論できなかった。

ひそひそと囁き合う声と無遠慮な視線が全身に突き刺さる。目に見えない血を流しながらアーシェリアはぎゅっと唇を噛みしめた。

「取るに足らない戯言だな」

不機嫌を隠そうともしない声が頭上から降り注ぐ。振り返りかけた肩を摑まれ、その勢いのままに身体が反転した。ロクサーナ達に背を向ける形となったアーシェリアは引き寄せる手に抗う余裕もなく、フーヴベルデ王族が纏う衣装へと額を押し付けられる。

「つまりコンプトン侯爵家は、我が王家の判断が誤りだと言いたいのか？」

「いっ、いえ！　決して、そのような意味では……」

「ではどういう意味だ。具体的に申してみろ」

　エセルバートの低く、唸るような声が耳と肌を通して伝わってくる。周囲のざわめきが嘘のように静まり、か細く不明瞭な呟きだけが微かに聞こえた。

「現在フーヴベルデにはグリッツェン人と婚姻関係にある者が少なくとも百名はいる。そして彼らには平均二・五人の子供がおり離婚率は五パーセント以下だ。なおグリッツェンにはその倍の夫婦が暮らしており子供の数も平均三・六人と多い。この差は我が国の不寛容さが主な原因だと考えられる」

　流れるように告げられた事実に誰もが唖然とする。それは見事な記憶力を披露してくれた王太子に抱えられているアーシェリアも同様に……いや、それ以上に驚いていた。

　単なる統計データに過ぎないが、どうしてエセルバートはそこまでしっかり記憶しているのだろう。しかもグリッツェン側の状況まで把握しているなんて。

　これで二国が「相容れない」という主張は覆された。アーシェリアを責めるような雰囲気から一転し、ロクサーナとエリヤへ冷ややかな視線が注がれている。

「コンプトン侯爵家の令嬢ともあろう者が、これほどまでに軽率な発言をするとはな。それとも、王家でも把握していない根拠でもあったのか？」

　王太子の問いに返ってくるのは重苦しい沈黙だけ。答えられないのも当然だろう。

世間では王太子夫妻は不仲だと言われているが、エセルバートは今まさに妻をその腕にしっかり抱いている。この姿を前に噂を述べても説得力など皆無に等しかった。

ここまで追いつめられてもなお、ロクサーナは諦めていないらしい。小さくしゃくり上げてから震える声で赦(ゆる)しを請いはじめた。

「わたくしはただ、愛するフーヴベルデの行く末が心配で……！」

「それならまず、自領の問題に注力してくれ。侯爵が頻繁に技官の派遣を依頼してくるお陰で他の事業に遅れが出ている」

必死の言い訳は「完璧王子」によっていとも容易く論破され、遂にすすり泣く声が耳に届く。だが、エセルバートは糾弾の手を緩めなかった。

「そういえば遅れた事業の一つは交易路の冗長化だったな。この件に関して我が妃が元老院に意見書を出したお陰で、調査の短縮ができたと聞いている」

淡々とした口調で語られた内容に、夫に抱えられたままのアーシェリアが小さく息を呑む。交易路の件は国王から直々に相談を受けた件で、王太子は関与していなかったはず。なのに、どうしてそれを知っているのだろうか。

これで勝負はついた。王家を侮辱した侯爵令嬢と他国から嫁いだというのに早くも国策推進に貢献している賢い王太子妃。どちらが有益な存在かなど今更問うまでもない。

ようやく腕から解放されたアーシェリアが振り返ると、二人の令嬢は涙を浮かべながら真っ青な顔で震えていた。言葉をかけた方がいいだろうかと考えているうちにぐいっと腰を引き寄せられる。

「行こう」

「はい……失礼します」

そう挨拶だけして、腰に回された手に導かれるままに会場を横切ると、そこにはわざとらしさ全開で作り笑いを浮かべる兄の姿があった。

「ヴァディス殿下、お待たせしました」

エセルバートはそう告げるなりエスコートの手を放す。どうやらヴァディスに妹を連れてくるように頼まれていたらしい。そして迎えにいったところ、アーシェリアが令嬢に絡まれている現場に遭遇したのだ。

心配で駆けつけてくれたのではなかったのが残念だが、結果として助けてもらったのだから感謝しなくては。

「殿下、ありがとうございました」

去ろうとする背に急いで声をかける。エセルバートは立ち止まって少しだけこちらを振り返った。

「私はただ、事実を述べたまでだ」

いつもと同じ冷ややかな声。だが、二国がより歩み寄る方法を模索するだけでなく、妃であるアーシェリアの功績までしっかり把握してくれている。それがわかっただけでも嬉しかった。

「お兄様、なにか御用でしたか？」

「あぁ……あっちで話そう」

指し示されたのはホールの奥に作られた小部屋。扉も厚く音が漏れる心配もないので、休憩やちょっとした会談の場として利用されている。人前で話せない内容だと暗に伝えられ、アーシェリアはすっと表情を硬くする。妹の警戒に気付いたヴァディスは小さく噴き出してから手を差し出した。

「心配するな。大した話ではない」

「……それならいいのですが」

そう言われてもなかなか猜疑心を捨てきれないのは、幼い頃から散々悪戯をされてきたせいだろう。大きな手に自分のものを重ね、導かれた扉の前にはニルスが待っていた。

「中の確認は済んでおります」

「わかった。私達が出てくるまで誰も通すな」

「承知いたしました」

大した話ではないと言っていたのに警備がやけに厳重である。何用か問おうと口を開いたがそのままヴァディスによって部屋に押し込まれてしまった。

「もう！　押さないでください！」

「まぁまぁ、いいから早く座れ」

部屋には誰もおらず、果実水の入ったグラスが二つ置かれているだけ。兄妹だけで話をするのはわかったが、わざわざ人払いした意味がわからない。アーシェリアが抗議すると、余所行きの仮面を外した兄がひらひらと手を振った。

あてつけてコルサ夫人仕込みの振る舞いを披露してやろうと思ったが、今はもうそんな気力も体力も残っていない。示された場所へどすんと音を立てて座った途端、ヴァディスが盛大に噴き出した。

「なんですか？」

「いや……扉の向こうにいた時は、だいぶしっかりと猫を被れていたと思ってな」

「当たり前です。ここはフーヴベルデなんですよ？　王太子妃のマナーがなっていないだなんて言われたら一巻の終わりです」

アーシェリアはこれまで誰にもエセルバートへの想いを打ち明けたことがない。だが、かつて贈り物を託したヴァディスは勘付いていたのだろう。輿入れに反対する声が日に日に大きくなる中、やんわりと反対の意思を示していた両親に対し、この兄はアーシェリアの意思を尊重するよう何度も説得してくれた。

「お前のことだから、こっちのご令嬢達にも正面切って喧嘩をふっかけるんじゃないかと心配していたんだぞ」

「子供じゃないのでそんな真似はしません！」

そんなことをしたらグリッツェンの評価を下げるばかりでなく、フーヴベルデ王家にも迷惑をかけてしまう。どんなに成長しても、ヴァディスにとってはなにをしでかすかわからない妹のままなのだろう。

そろそろお転婆姫のイメージからアップデートしてほしい。アーシェリアが膨れっ面で抗議すると「その顔では説得力がないぞ」と鼻で笑われてしまった。

こうやって気楽な気分で話をするのは本当に久しぶりで、できればもっと落ち着いた場所でゆっくり話がしたい。だが、ヴァディス達は明日の朝にはこの王宮を発ってしまう。

果たして、次に会えるのはいつなのだろう。そう考えた途端、胸がきゅっと締め付けられた。

「それで、なんの話ですか？」

感傷的になった気分を切り替えようと努めて明るい声で問う。ヴァディスは目の前のグラスを手に取ると一気に飲み干した。

とん、とテーブルに戻した音がやけに大きく聞こえる。自分と同じ琥珀色の瞳がまっすぐこちらに向けられ、アーシェリアは思わず身構えた。

「アーシェ、一緒に帰らないか？」

「…………え？」

一瞬、なにを言われたのかわからなかった。

そして言葉の意味を理解してもなお、その意図がわからない。

「と、突然なにを……無理に決まってるじゃないですか！」

「できるかどうかの話じゃない。お前が望むなら、どんな手を使ってでも連れて帰ると言っているんだ」

　ヴァディスの表情は真剣そのもの。冗談を言っているわけではないし、冗談で口に出していい話でもなかった。それをわかった上での、この状況なのだとようやく納得する。

「後継問題だけではない。世間ではアーシェと殿下が不仲だという噂ばかり聞く」

「それは、本当に噂を聞いただけですか？」

　一見すると適当で大雑把に見えるヴァディスだが、実は諜報活動を得意としている。この兄であればフーヴベルデにスパイを送り込んでいてもおかしくはない。

「さぁね。それはさすがに答えられない」

「お兄様！」

「でもな、実際に会ってみても、それが単なる噂とは思えなかった」

　ずばりと指摘され、アーシェリアは返す言葉を失った。

　――仲良くなろうと努力はしている。だけど、殿下がなかなか心を開いてくれないの。

　本音をぶちまけたら、妹に対して過保護なところがあるヴァディスが義弟に詰め寄るのは間違いない。王太子同士が衝突したら二国間の関係が悪化しかねない。そう考えると口にするのが躊躇われた。

　葛藤するアーシェリアの前でヴァディスがふっと小さく息を吐く。恐る恐る顔を上げると先ほどとは打って変わって、優しく微笑んでいる。

「いくらソレイヤード港の件があるとはいえ、アーシェがつらい目に遭っているのを見て見ぬふりはできない。父上も母上も同じ気持ちだろう。それにエセルバート殿下も、お前を手放したくない、と思っているとも見えない」

「お兄様……」

本来、一旦決めた条件を変更するのは重大なルール違反になる。国際社会からも信用をなくす。そのようなリスクを負ってもなお、アーシェリアの気持ちを大事にしてくれるなんて。家族の深い愛情を今になって思い知らされ、胸がぎゅっと締め付けられた。

保守派の貴族からは未だに目の敵にされているが、王宮の皆は誰もが優しく接してくれるからあまり気にはしていない。

唯一苦心しているのは、夫であるエセルバートとの仲だけだ。

アーシェリアは居住まいを正し、兄と対峙する。しばし見つめ合ってからにこりと微笑んだ。

「……ありがとうございます。でも、もう少しだけ頑張ってみます」

先ほど、エセルバートがアーシェリアに対してまったくの無関心ではないのを知った。その事実は手探りで歩いていた暗闇へ差し込んだ一筋の光。きっと努力を続ければ、気軽に会話のできる間柄くらいにはなれるはず。

だからまだ――逃げるわけにはいかない。

確固たる決意が伝わったのか、ヴァディスは「そうか」と答えた。そしてぐっとこちらに身を乗り出すと声をひそめた。

「嫌になったらいつでも帰ってきていいからな」

「もう、そうやって決意を揺らがせるようなこと言わないで」

王太子のくせに、この兄はどこまで甘やかすつもりなのだろうか。

いつものようにアーシェリアが軽口を叩くと、ヴァディスは悪戯っぽく笑った。

第四章　天使との再会

　ノックの音にアーシェリアがぱっと顔を上げる。応答すると静かに扉が開き、騎士が王妃の来訪を報せた。

「予定よりだいぶお早いのですが……」

「大丈夫よ、お通しして」

「かしこまりました」

　リリアンヌはきっと心待ちにしてくれていたのだろう。扉が大きく開かれ、満面の笑みを浮かべた義母が侍女を引き連れて入ってきた。大小様々な箱が部屋を埋め尽くす光景に翠眼を丸くしている。

「リリアンヌ様、わざわざお越しくださりありがとうございます」

「いいのよ。どんなものが届いているのか見てみたかったの」

　グリッツェンの王太子がフーヴベルデを発ってから早くもひと月が経った。兄は帰国早々、託された手紙や贈り物を渡してくれたらしい。一昨日の夕方に交易を任されているグリッツェンの商会から使者が訪れ、王太子妃宛の荷物が近々到着すると伝えてきた。

そして今日、いつものように朝食を終えてダイニングを出たところで到着の報告を受けた。検品が終わるのは昼過ぎになる見込みだと言われ、思わず首を傾げる。

「なにか問題があったのかしら？」

「いいえ。お荷物の数が多いので、確認に時間を要しているだけでございます」

「そう……手間を取らせてしまったわね」

これまでも両親からの贈り物はたびたび届けられていた。その大きさはせいぜい大人二人で抱えられる木箱だったので、今回もそれくらいだろうと思っていたのに。

このまままっすぐ部屋に戻るつもりだったが、どれくらい届いたのかを先に知っておきたい。エントランスへ向かうと、そこには三台の荷馬車が綺麗に並び、中から次々と荷物が運び出されていた。

「えぇと、どれがわたくし宛なのかしら」

「こちらがすべて、王太子妃殿下へのお届け物でございます」

検品を済ませた荷物は順次、アーシェリアの私室の向かいにある空き部屋へと運んでもらえるらしい。侍女達が急いで仕分けをしてくれていたのだが、終わる前にリリアンヌがやって来てしまった。

「まぁ……こんなに届いたのね」

「はい。お気に召すものがございましたら、遠慮なく仰ってください」

家族がいかに過保護かを披露しているようで恥ずかしいが、そう思っているのはアーシェリアだけのようだ。リリアンヌは興味深そうに部屋の中を歩きはじめた。

「これは塩かしら？　とっても綺麗だわ」

「はい。グリッツェンの塩は名産品で、旨味が強いんです。ぜひこの塩を使った料理を召し上がっていただきたいです」

　塩だけで十分だったのに魚介類の干物まで付いてきた。アーシェリアも久しぶりに故郷の味が楽しめると密かに期待している。

「アーシェリア様、こちらをどうぞ」

「ありがとう。リリアンヌ様、どのお色がお好きでしょうか？」

　アーシェリアが織物をテーブルに載せると義母がぱっと表情を明るくする。これは輿入れの際に持参したドレスに使われていた生地で、リリアンヌがいたく気に入っていたのだ。

　同じ布を送ってほしい、と頼んだだけなのにどうして三種類も来たのだろうか。王家御用達の商人が張りきっている姿を想像し、思わず吹き出しそうになってしまった。

「貴女が着ていた青いものも素敵だったけど、このオレンジ色もいいわね。うーん……紫はちょっと派手になってしまうかしら？」

「そうですね。アクセントとして部分的にお使いになる分にはよろしいかと」

　リリアンヌは生地を代わる代わる身体に当てては悩んでいる。アーシェリアは少女のようにはしゃぐ義母と侍女達を横目に宝飾品を集めた一角を覗き込んだ。箱を開けると色とりどりの珊瑚や真珠、そして貝殻を使ったネックレスやピンが姿を現す。一つずつ確かめながら男性向けと女性向けに選り分けた。

「うーん……これはちょっと、可愛いらしすぎるわね」

リボンの中央に淡いピンク色の珊瑚が付いた髪留めは若い女性というより、もはや少女向けだろう。こういうものを選ぶのは大抵父王だと苦笑いしていると、リリアンヌが手元を覗き込んできた。

「ブラッドリーへの贈り物にするといいかもしれないわ」

「あぁ、お嬢様にですね」

ブラッドリーには五歳の娘と三歳の息子がいる。宰相になってからというものめっきり家族と触れ合う時間が減り、特に娘がへそを曲げていると聞いていた。自分も多忙の一因だという自覚があるので、謝罪の意味も籠めて贈るのも悪くない。

クラマーズ夫人にはこれを、そしてブラッドリー本人には……とアドバイスを受けながら贈り物を決めていく。その姿は仲睦まじい本当の母娘のようで、侍女や護衛達はにこやかに見守っていた。

「これはリシャールに似合いそうね」

「陛下に気に入っていただけるなら、是非ともお持ちください」

「ありがとう。あの人はね、ああ見えて結構派手なものが好きなのよ」

たしかに国王はシックな色合いの服に、小さいけれど目を引く装飾品を身に着けていることが多い。本当はもっとカラフルにしたいそうだが、威厳が損なわれるとリリアンヌが必死で阻止しているらしい。

困った顔で語る義母は本気で頭を悩ませているのだろう。だが、そんな夫婦の意見の相違すら今のアーシェリアには眩しく映った。

夜会での一件以来、コンプトン侯爵家を筆頭とした保守派はだいぶ大人しくなったと聞いている。茶会の席でも友好的な態度で接してくれる夫人や令嬢も徐々に増えてきた。

アーシェリアを取り巻く状況が徐々に好転していく中で唯一、夫との仲だけは未だに近付く気配がまったく見られなかった。

兄に頑張ってみると宣言して以降、アーシェリアはエセルバートとの距離を詰めるべく奮闘している。せっせと季節の草花をハンカチに刺繍しては贈り、その植物についての話題を振ってみたが、あまり反応は芳しくなかった。

それならばと今度はグリッツェンについて話してみたものの、まったく聞こえていないのではと思うほど反応がない。結局は黙って手を動かし目の前にあるものを口に運ぶ作業に終始した。

結婚してもう少しで半年になる。それなのにアーシェリアは夫のことをなにも知らない。

好きな色や趣味はおろか、好きな食べ物すらわからない。そんな人間が果たして妻を名乗っていいのだろうか。同じく政略結婚だったはずの義両親の仲のよさを知るたび、段々と自信がなくなってきた。

「こんなに沢山もらってしまって大丈夫かしら？」

「もちろんです。陛下にもよろしくお伝えください」

結局、リリアンヌは青と紫の生地を選んだ。食材は厨房へ届けてもらうように手配し、自分で使う分は私室へと運んでもらう。遅くなった昼食を済ませたアーシェリアは早速お礼の手紙を書きはじめた。

「アーシェリア様、こちらはいかがいたしましょう」

侍女達が押してきたカートには小さめの箱がいくつか並んでいる。それらはエセルバートに贈ろうと先に確保しておいた品々だ。しばらくカートを眺めてから書きかけの便箋へと視線を落とす。

「クローゼットに仕舞っておいてもらえるかしら？」

「……かしこまりました」

これまでのアーシェリアであれば、すぐにその中から一つ選んで手紙と共に届けるように頼んでいただろう。侍女達を戸惑わせてしまって申し訳ないが、今回はそんな気分になれなかった。

（どうせ贈ったところで、使ってもらえないもの……）

趣味じゃないのであればそう言ってくれればいいし、迷惑なら断ってほしい。なのに、エセルバートはいつだって短い感謝の言葉と共に受け取るだけ。もしかすると事を荒立てないよう拒みはしないが、使わないことでアーシェリアがやめるのを待っているのかもしれない。そう思い至った瞬間、すっと全身が冷たくなった。

「……疲れちゃった」

「なにか仰いましたか？」

　思わず零れた呟きに、アーシェリアは慌てて「なんでもないわ」と誤魔化した。

　山脈から吹き下ろしてくる風が冷たく感じられる。

　冬の足音が聞こえはじめた昼下がり、アーシェリアは「赤の庭」を歩いていた。庭の中央にある四阿に人影を見つけ、意識してきゅっと口角を上げる。

「殿下、お招きいただきありがとうございます」

「……あぁ」

　茶会に招待した張本人は今日もまた書類を手にしていた。アーシェリアが声をかけると素早く立ち上がり、こちらへやって来るなり手を差し伸べてくる。黒い革の手袋に包まれたそれに手をそっと乗せると、いつぞやのように強めに握られた。

　短い階段を上り、ベンチまでエスコートされる。四方八方から見られているのをひしひしと感じ、全身へ神経を張り巡らせながら優雅に腰を落ち着けた。

　王太子夫妻がお茶会を人目につく場所で開いている理由。それはひとえに、巷に流れている不仲説を払拭するためだ。今日は王宮で会議があったので、二人が談笑している姿を通りかかった貴族達に見せることで夫婦仲をアピールしたいらしい。

　誰がアイデアを出したのかは知らないが、正直なところ余計なおせっかいとしか思えない。だけど当然ながら拒否などできるはずもなく、アーシェリアは赤い花々が咲き誇る庭へとやって来た。

最近は話題も枯渇(こかつ)し探すのも億劫に感じられる。それでも気候に関しては当たり障りがなく、常に変化があるので有難かった。

「そういえば、今朝は随分と冷え込みましたね」

「この時期の急な気温低下は『隼(はやぶさ)の急降下』と呼ばれている」

「隼ですか……それは速そうですね。殿下は実際にご覧になったことはありますか?」

「飛んでいるのはあるが、急降下しているのはないな。あれは狩りの時にしかやらないと言われている」

アーシェリアがそうですか、と返したきり沈黙が続く。やはりここでも朝食の場と同様に自分から話題を振るつもりはないらしい。次の話題をどうしようかと考えていると、目の前にティーカップがすっと置かれた。エセルバートの後ろに控えるブラッドリーの指示だろう。このタイミングで出してくれるのは有難い。

「殿下、先日は妃殿下から娘に素晴らしい贈り物をいただいたんですよ」

「そうか、宰相にまでわざわざすまない」

ブラッドリーが話題を提供してくれるお陰で、いつもよりは会話が続いている。庭園のテーマと同じ赤い色のローズティーを一口飲み、アーシェリアはにこりと微笑んだ。

「気に入っていただけたならよかったです」

ブラッドリーの妻に贈ったブローチも喜んでもらえたらしい。今度の茶会に着けていくという言伝に「楽しみにしています」と思わず弾んだ声を上げてしまった。はしたない真似をしてしまった、と焦ったものの、気を取り直して小さな焼き菓子に手を伸ばす。ほんの一瞬だけエセルバートと目が合ったが、すぐに逸らされてしまった。

正面に座る彼はティーカップを手にしている。長い睫毛を軽く伏せて真っ赤なお茶を飲んでいる姿はまるで一幅（いっぷく）の絵画のよう。結婚してから半年が経つというのに、未だにこの美しい人が自分の夫だという実感が湧いてこなかった。

それからもブラッドリーの提供する話題でぽつぽつと話をするものの、やはり反応はいいとはとても言えない。果たしてこれはいつまで続くのだろう。そろそろ向き合っているのすら苦痛になってきた。

「…………くしゅっ」

アーシェリアの気分と同じくらい冷たい風が吹き抜ける。思わず身を震わせると侍女が大急ぎでブランケットを肩から掛けてくれた。

「冷えてきましたね。そろそろお開きにしてはいかがでしょう」

「……そうだな」

ブラッドリーの提案に答えるエセルバートの声がやけに低い。これまでろくに口を開かなかったというのに、この場が解散になるのは不満らしい。いちいちエセルバートの気持ちを推し量ろうとするのも面倒になり、アーシェリアは立ち上がると夫に向かって一礼した。

「本日は殿下の貴重なお時間を頂戴しまして、深く御礼申し上げます。わたくしはこれで失礼いたします」

エセルバートが立ち上がろうとした途端、ティーカップが揺れてがちゃんと音が立つ。これまでそんな粗相をしたことなんてないのに慌てているようだ。見送りは要らないと告げ、素早く四阿を後にする。

こんな別れ方をしたら不仲説を払拭できないかもしれない。むしろ噂は本当だったと言われる危険があった。だけど、あの場所にあと一秒でも長くいたら爆発していただろう。

「アーシェリア様、戻られましたらすぐに湯浴みをいたしましょう。しっかり温まってお休みになれば、お風邪の心配もなくなります」

「……ありがとう。そうしてもらえると助かるわ」

侍女が気遣うように優しく微笑む。アーシェリアも淡い笑みを返すと長い廊下を黙々と進んだ。

お風呂は少し熱めにしてもらおう。そうすれば冷えきった身体だけでなく心も温もりを取り戻すはず。そして料理長が腕によりをかけて用意してくれた食事に舌鼓を打ち、ゆっくり眠りさえすれば、きっと気力が戻ってくるに違いない。

(大丈夫、まだ頑張れるはず……)

そう言い聞かせたというのに、翌日になっても気分が晴れることはなかった。

「殿下、おはようございます」

「……あぁ、おはよう」

　アーシェリアが王太子夫妻専用のダイニングに顔を出したのは実に三日ぶりだった。いつもと変わらず仕事をしながら待っている姿を目にした途端、僅かな期待が一瞬にして萎んだのを感じた。

「二日間とも直前になってお断りしてしまい、申し訳ありませんでした」

「気にしなくていい」

　いつものようにスープが出される。小ぶりの皿を満たしているのは、具のない薄い緑色の液体。スプーンで掬って一口飲むと、新しいコルセットに苦しんでいた時に食べたものと同じ味がした。

　体調不良を理由に朝食を断っていたので、料理人達が心配してくれたのだろうか。いや、もしかしてエセルバートが……？　あの時はこの「命のスープ」を飲んだらみるみる元気になった。だが、今日はお腹が温かくなっても胸の中では冷たい風が絶えず吹いている。

　サラダも生野菜ではなく蒸してあり、かかっているソースからは魚介の風味が感じられた。皆の気遣いに感謝しながらアーシェリアは黙々と料理を口に運ぶ。いつも以上に重苦しい雰囲気が漂い、給仕にあたっている使用人達も居心地が悪そうにしている。それを申し訳なく思いながらも、どうしても打開しようという気持ちが湧いてこなかった。

かちゃり、と音が鳴る。パンをちぎるのを止めて様子を窺うと、テーブルの反対側にある手がフォークを置いていた。

どうせこのまま立ち上がり、執務に向かうのだろう。そう思いながらパンの欠片を口にしたがエセルバートは動く気配がなかった。口の中にあるものを飲み込んでから顔を上げると、翠眼がまっすぐこちらへ向けられていた。

アーシェリアは思わずぴくりと肩を震わせる。エセルバートは無表情のまま薄く唇を開き、また閉じてしまった。なにか言いたいことでもあるのだろうか。グラスに伸ばしかけていた手を止めて言葉を待った。

「……どうかなさいましたか」

沈黙に耐えかね、結局はこちらから問いかける。エセルバートは一度目を伏せてからテーブルの上で両手を組んだ。

「近いうちにソレイヤード港へ行くことになる。王宮にも立ち寄る予定なので、望むのであれば一緒に行こう」

淡々とした口調で告げられた提案を頭の中でゆっくり咀嚼する。

エセルバートは改修工事をしているグリッツェンの港へ視察に行く。その際、グリッツェン王宮へ挨拶に寄るから、アーシェリアが希望すれば、送り届けてくれると言ったのだ。

それはつまり――。

頭の中でぷつりとなにかが切れる音がした。

お腹にあった熱が一瞬にして身体の隅々まで広がり、怒りの炎に包まれたアーシェリアは勢いよく立ち上がる。椅子が倒れて大きな音がしたが気にしている余裕はなかった。

「そんなにわたくしを帰らせたいのであれば、今すぐにでも出ていきます」

「ア、アーシェリア様っ」

「お兄様からいつでも帰ってきていいと言われていますから、どうぞご心配なく！」

侍女の制止にも構わず言いきるとアーシェリアは身を翻す。廊下へと続く扉を自分で開くなり振り返りもせず、ずんずんと歩みを進めた。

廊下に控えていた騎士は面食らいながらもすぐに追いかけてくる。しばらくしてぱたぱたと足音を立てて近付いてきたのはきっと侍女だろう。マナーなど構わず早足で私室に到着するなり人払いを命じた。

「アーシェリア様、どうか……」

「お願い、一人にして」

今は誰の顔も見たくないし、話もしたくない。いつになく強い口調で頼んだせいか、侍女達は「廊下におります」と告げて下がってくれた。

扉が閉まると部屋の中がしんと静まり返る。やっと一人きりになれた。アーシェリアはソファーに身を投げ出すように座り、両手で顔を覆うとそのままぱたりと横に倒れる。

アーシェリアが激昂して大きな声を出してもなお、エセルバートの様子には一切の変化が見られなかった。ダイニングを飛び出しても追いかけてこなかったところを見ると、きっといなくなってせいせいしているのだろう。

「結局、なにもわからなかった……」

幼少の頃の約束は、まだ国の事情を知らなかったから。本当はグリッツェンの姫など娶りたくなかったが、技術料という国益のために仕方なく了承した。子供さえ産んでくれれば、それ以上のことは望まなかったのだろう。

きっと国王夫妻や宰相、王宮の者達は夫から愛を得られないアーシェリアを不憫に思っていたに違いない。誰もが優しく接してくれる理由に今頃になって気付くなんて、自分の能天気さがいっそ笑えてきた。

だけど遂に、エセルバートから帰国という名の別居の許可が下りた。それとも離縁だろうか。どちらにしろ向こうから言い出したのだから、ソレイヤード港への技術提供は継続されるはず。あぁ、別居ならば後継ぎの件だけはどうすればいいのか相談しなければ。

タイミングの悪いことに、国王夫妻は視察のために昨日から王宮を空けている。戻りは明後日のはずなので謁見の許可を早めにもらおう。離縁ができないのであれば特別に側妃を召し上げられるようにしてもらうしかない。

そうすればエセルバートも嫌々ながら妻を抱く必要がなくなる。房時の時だって、アーシェリアに媚薬を飲ませ、きっと自分も飲んでいたのだろう。そこまでしないと抱けなかったという証拠だ。

彼の好みはきっとアーシェリアとは真逆の華奢で可憐で聡明な女性だろう。条件に合う令嬢であれば優しく接するに違いない。

その光景を想像した途端、目の縁からぽろぽろと熱いものが零れてきた。どんなに瞼をきつく閉じても一向に止まる気配はなく、食いしばった歯の間からも嗚咽(おえつ)が漏れてきた。

「う、うぅ…………」

一刻も早くグリッツェンに帰りたい。こんな仕打ちを受けるとわかっていたのなら、婚姻の話を受けなければよかった。

全身を後悔の色に染めたアーシェリアの嗚咽は廊下まで届いたらしい。ばたばたと慌ただしく走っていく音が聞こえた。だけどもう、どう思われても構わない。

その日、フーヴベルデの王太子妃がすすり泣く声は日が暮れてからも途切れ途切れに聞こえていた。


翌日――ひどい頭痛と共に目を覚ますと、サイドテーブルには痛み止めの薬が置かれていた。眠っている間に用意してくれたのだろう。アーシェリアはのろのろと身を起こしてから水差しを手に取り、グラスへ注ぐと薬を飲んだ。

「アーシェリア様、おはようございます」

「……おはよう」

今日の当番はフェリのようだ。ぎこちなく微笑んだ彼女は傍らに木桶を置き、中に浸してあったタオルを絞った。湯気が上がっているのでわざわざ湯を用意してくれたらしい。

「湯浴みの用意も済ませてあります」

たしか昼過ぎに孤児院への慰問が入っている。どうせ外出で汗をかいてしまうだろうが、昨日はそのまま眠ってしまったので少し気持ちが悪い。せっかく用意してくれたのだからと入ることにした。

湯浴みを終えて出てくると、朝食はなにも言わずとも部屋に用意されている。昨日は昼も夜も食事を断ったせいだろうか、大きな皿にアーシェリアの好物が少しずつ盛られていた。これだけの品数を作るのは大変だったはず。皆の心遣いが嬉しくて、でも同時に申し訳なくてまた涙が出てきそうになった。

「クラマーズ宰相から面会したいとの伝言をお預かりしておりますが……いかがいたしましょう」

ただでさえ国王が不在で忙しいというのに、またもやブラッドリーに迷惑をかけてしまった。アーシェリアはフォークを握った手を見つめながらしばし思案する。

「朝食が終わったらお会いします、と伝えて」

「かしこまりました」

輿入れの時からあれこれと気を配ってくれた宰相には全部打ち明けるべきだろう。どうせエセルバートとの仲は修復不可能なのだから、このさい言いたいことは全部言ってしまえばいい。いや、そもそも修復が必要なほどの関係は構築できていなかったと思い至り、ふっと自嘲の笑みを浮かべた。

ブラッドリーは食後のお茶を半分ほど飲んだ頃にやって来た。ひどく顔色が悪い。もしかすると寝ていないのだろうか。激務の最中に更に面倒を起こして申し訳ないと思う一方で、もう限界だったのだと自分に言い訳した。

「このたびはエセルバート殿下の配慮を欠いた発言で妃殿下のお心を傷付けてしまい、誠に申し訳ありませんでした。ですが実は……」

「宰相様、謝罪は結構です」

「いえ、その……」

「本当に必要ありません。もう過ぎたことです」

きっとブラッドリーは誤解だと言うつもりなのだろう。エセルバートは照れているだけで、本当はアーシェリアを妻に迎えられて喜んでいるのだとこれまでのようにフォローするのは目に見えている。だけど、残念ながらそれを信じられる気力は残っていなかった。

「お忙しい宰相に迷惑をおかけしていることは重々承知しています。ですが、わたくしにも限界というものがあるのです」

「妃殿下……」

アーシェリアがこれまでどんなに頑張ってきたのかを彼はよく知っている。知っているからこそ、これ以上の努力を強いるのは難しいとわかっているのだろう。かける言葉を失ったブラッドリーを見つめながらふっと力のない笑みを浮かべた。

「政略結婚ではありますが、わたくしは十年前に殿下がフーヴベルデに招待してくれると言った約束を信じて待っていました。だから、婚姻の打診があったと聞いた時は、本当に嬉しかったのです」

いくら今は国交があっても昔から因縁のある国の、しかも王太子との結婚。国民は猛然と反対していたし、両親も手放しで賛成している様子ではなかった。そんな中でアーシェリアだけは、期待と希望に胸を膨らませながら輿入れの日を指折り数えて待っていたのだ。

「二国の関係がどんなものかはちゃんと学んできましたし、理解もしています。だからこそ殿下と少しでも友好的な関係を築こうと努力してきました」

「そうですね……妃殿下は慣れない環境でとても頑張ってくださっています」

ブラッドリーだけでなく国王や王妃、そして王宮の使用人達までもがアーシェリアの頑張りを褒め、応援してくれていた。だからこそ保守派の貴族達の嫌味にも耐えられたのだが、最も認めてほしいと願った相手の心には響かなかったのだ。

「ですが、殿下はなにも仰ってくださいません。きっとわたくしが煩わしいのでしょう」

「いえっ！　決してそんなことは……」

「慰めてくださらなくても結構です。宰相、フーヴベルデの王族が側妃を迎えるのはやはり難しいことなのでしょうか？」

「えっ……」

アーシェリアの問いにブラッドリーの顔色がみるみるうちに悪くなっていく。ただでさえ血色が悪かったというのに、今は真っ青を通り越して真っ白になっている。そんなに突拍子もない質問だったかと首を傾げると、若き宰相が小さく咳払いした。

「難しいと申しますか、その……」

「では、わたくしから陛下に嘆願という形でお願いします」

「いえっ！　私が預からせていただきます!!」

いつになく強い主張にアーシェリアは思わずびくりと肩を揺らす。

「わかりました。ですがもし、わたくしからの説明が必要でしたらいつでも応じますので」

「えぇと……はい。承知いたしました。ですがどうか、お一人でグリッツェンに戻るといった無茶はなさらないでください」

「そこまで無謀なことはしません」

ウェントワースの山々を越えるには入念な準備が必要だ。交易路には関所があり、誰であろうと手形を持っていなければ先へは進めない。それだけではなく、険しい山道に耐えられる馬車と馬も調達しなくてはならない。

いくら王太子妃であってもそれらを勝手に準備するのは不可能だ。もし帰るとなった場合には宰相に頼む、と約束すると、ようやくブラッドリーはほっとしたような笑みを浮かべ、部屋を出ていった。

「アーシェリア様、そろそろ外出のお支度をいたしましょう」

「わかったわ」

言いたいことは全部伝えられた。ずっと沈んでいた気分が少しだけ上向きになる。手つかずのお茶を飲んでからおもむろに立ち上がった。

「戻りまし……うわっ！」

王太子の執務室へ足を踏み入れるなりブラッドリーが飛び退る。エセルバートはすぐに話を聞けるよう扉の前で待機していたらしい。なぜ驚くのかわからない、と言わんばかりの表情に思わず深い溜息を零した。

「まさか殿下、私が出ていってからずっとここにいたんですか？」

「……あぁ」

「そんな暇があったら仕事をしてください！　……って、今は無理ですね」

昨日、遂に王太子妃が爆発したと報告を受けてブラッドリーが大急ぎでダイニングに向かうと、そこには完全に動きを止めたエセルバートの姿があった。

ソレイヤード港の視察へ一緒に行かないかと誘う手筈になっていたはず。途中でグリッツェンの王宮にも立ち寄り、出会った当時を振り返りながら和やかに話ができるのではないかと提案したのだ。

それが一体どうして、アーシェリアだけが帰国する話になったのか。ちゃんと台本まで作ってあったはずが、侍従によるとまったく違う台詞を口にしたというではないか。こんなことなら朝食の場ではなく、ブラッドリーが同席できる時にするべきだったと激しく後悔した。

　硬直したエセルバートは、精巧に作られた人形なのではないかと思うほど身じろぎ一つしなかった。そこまでショックを受けるくらいならさっさとすべてを白状すればいいのに、と口には出さずともその場にいた誰もが思っていた。

　このままでは埒が明かないと判断して強制的に執務室へ連行したものの、妻から別居宣言をされた「完璧王子」は茫然自失。とても仕事ができる状態ではなく、その日の予定はすべてキャンセルとなった。

　これからどうなってしまうのか、緊張に包まれた王宮の一夜が明ける。ようやく受け答えができるようになったエセルバートを執務室に待たせ、信頼されている宰相がアーシェリアへ面会に赴き——今に至る。

「殿下、とりあえず座りましょう。そうしないと誰もなにもできません」

「……わかった」

　戸口に部屋の主が立ちはだかっていたので、ずっと文官が出入りできなかった。ようやくカートを押してきた侍従も中に入り、お茶の用意をはじめる。とはいえ、今のエセルバートにはそれを口にする余裕など微塵もないのだが。

「アーシェは……どうしている」

「今朝はお食事を召し上がっていましたよ。これから孤児院へ慰問に行かれるそうです。

どなたかと違ってしっかりしていますね」

盛大に嫌味を言っているが完全にスルーしている、というより気付いていないらしい。

とりあえずアーシェリアがちゃんと食事をしたことで安心しているのだろう。ブラッドリーはティーカップを置くなりぐっと身を乗り出した。

「殿下、いいですか。妃殿下は完全に貴方に嫌われていると思っています。このままでは本当に離縁されてしまいますよ」

「それ、は……！」

「嫌ならちゃんと話してください！　もう半年が経っているのですよ!?」

いつになく強い口調で語りかけると美しい貌が盛大に歪む。ここ半年の間にすっかり癖になった頭痛が今日は一段とひどい。項垂れる幼馴染を眺めながらこめかみを指でぐりぐりと円を描くように揉みほぐした。

「この件がグリッツェンに知られたらどうなるかおわかりのはずです。これまでの苦労をすべて水の泡になさるつもりですか？」

この十年、エセルバートがどれだけ努力してきたかを知っている。だからこそ誤解されたままで終わらせたくはない。

「妃殿下がお戻りになりましたらお部屋に伺いましょう。……いいですね」

「わ、かった……」

なにごとも完璧にこなせるフーヴベルデの王太子が、妻限定のとんでもないヘタレだというのは王宮に仕える者の間では周知の事実である。世間が抱いているイメージを崩さないよう配慮するのに散々苦労してきた。だからなんとしてでもエセルバートにこの壁を乗り越えてもらわなくては。

ようやく言質（げんち）が取れた。肩の力を抜きかけ——すぐに身構える。

こちらへ駆けてくる複数の足音に気付き、エセルバートものろのろと顔を上げた。

「報告いたします！　西地区で頻発していた強盗事件の犯人グループを取り押さえました。ですが、数名を取り逃がした模様です!!」

「西地区といえば……」

ブラッドリーが寝不足と疲労で鈍った思考をなんとか巡らせようとした矢先、目の前でがちゃんと派手な音が立つ。

次の瞬間、ブラッドリーの横を一筋の金色が風のように通り過ぎた。

「殿下、お待ちください！」

どうしてすぐに思い出さなかったのか。エセルバートの背を追いつつ歯噛みする。必死に走りながら伴走する騎士に向かって叫んだ。

「西地区の孤児院へ騎士を遣れ！　急ぐんだ!!」

気分が塞いでいる時は身体を動かすに限る。

屈託のない子供達の笑顔に癒やされ、アーシェリアのささくれていた心も随分と落ち着いてきた。

だが、院長の目は誤魔化せなかったらしい。子供達の勉強の時間になり、いつものように院長室でお茶をいただいていると、無理をしているのではないかと心配されてしまった。

「いえ、大丈夫です！　お気遣いいただきありがとうございます」

「それならいいのだけど。もし嫌でなければ、お話を聞くくらいはできますよ？」

院長は孤児院の責任者であり、同じ敷地の中にある教会のシスターでもある。日々大勢の悩みに触れている彼女であれば、もしかするとなにかいいアドバイスが得られるかもしれない。

いくら相手が聖職者とはいえ、すべてを打ち明けるのはやはり躊躇われる。相手と時期をぼやかしておけば問題ないだろうと、アーシェリアはぽつぽつと語りはじめる。

「実は、ある方の考えていることが、よくわからなくて……」

顔を合わせるたびに様々な話題を振ってみるが、どれも反応がよくない。その人のことが知りたいのに、問答だけで会話が途切れてしまって結局はなにもわからずじまいの状態が続いている。

「なるほど。アーシェリア様はとても努力をなさったのですね」

「はい……ですが、どれもうまくいきませんでした」

リリアンヌからアドバイスされた刺繍を入れた品も、どれだけ贈っても一度たりとも身に着けてくれなかった。それだけではなく、一流の職人が作ったタイピンやカフスボタンですら使っている姿を見ていない。

嫌われているのかと思いきや、朝食だけはどんなに忙しくても一緒に食べようとする。しかも知る必要のないはずの情報を把握し、人前で褒めてくれた。それらを夫としての義務だと思っているのかもしれないが、アーシェリアにはどうしてもそう断言できなかった。

エスコートをするたびに強く握ってくる手、ダンスの練習でうっかり抱きついてしまった時の真っ赤な顔。

コミュニケーションはうまくいっていないけれど、嫌われているのとはまた少し違う気がすると感じていたから頑張ってこられたのだ。だけどエセルバートの本心がどこにあるのか、謎は深まるばかりだった。

「でしたら、アーシェリア様ご自身の気持ちをお伝えしてみてはいかがでしょう」

「……わたくしの、ですか？」

「ええ、まずはアーシェリア様がどういった関係を築きたいのかを伝えれば、相手の方も考えを話しやすくなると思いますよ」

思い返してみれば、アーシェリアはずっと質問しようとばかりしていた気がする。エセルバートのことを知りたい気持ちが先走ってしまい、自分の気持ちを伝えるのを後回しにしていたと今更ながらに気付いた。

「ありがとうございます。院長先生」

「お役に立てたのならなによりですよ」

感情に任せるまま、グリッツェンに帰ると宣言してしまったが、エセルバートとよい夫婦になれる可能性があるなら、もう一度だけ頑張ってみるのもいいかもしれない。

今のエセルバートはアーシェリアが故郷に帰りたがっていると思っているに違いない。王宮に戻ったらすぐに面会を申し入れて、それは誤解だと説明しよう。そして結婚できたのはとても嬉しいし、もっと夫婦らしくなりたいと伝えよう。

どうせこれ以上、関係は悪くなりようがないのだと開き直るしかないと決めた途端、幾分か晴れやかな気分になった。

「あら……なにかあったのでしょうか」

外がなにやら騒がしい。院長と共に孤児院の庭を抜け、馬車へ向かうとアーシェリアを警護している五人の騎士が素早く身構え、周囲の様子を窺っている。いくつもの悲鳴が教会の方から上がった瞬間、その場に緊張が走った。

「アーシェリア様、急ぎましょう」

「ええ、院長先生はお戻りください」

騎士の一人に院長を託し、アーシェリアは急いで馬車の待つ道路へと向かう。手綱を握った御者がひどく焦った顔でこちらを見つめていた。嫌な予感がしたのは騎士達も同じだったらしい。剣を抜いて素早く臨戦態勢を取る。

「近付くんじゃねぇ！　こいつがどうなってもいいのか!?」

馬首の向けられた先から怒鳴り声が響き、アーシェリアはぱっと教会のある方向へと意識を向けた。道路へ飛び出してきた男が、教会を護る聖騎士に剣を振り上げて威嚇している。

もう一方の手が摑んでいる華奢な腕に気付いた瞬間、ひゅっと喉を鳴らした。

「イヴ……！」

孤児院で暮らす子供達の中で最年長であるイヴァンジェリンは、本人たっての希望で来年からシスターとしての修行をはじめる。今は週に一度、教会でシスター見習いの勉強会に参加していたはず。孤児院へ戻ってくる途中だったのか、教本を胸に抱えていた。

剣を振り回している男の身なりはお世辞にも清潔とは言えない。同じように剣を構えた男は他に四人確認できた。そもそも教会には一般人の武器の持ち込みが禁止されている。だから無断で押し入ったのだろう。

男達の目的はわからない。だが、幼い少女が人質になっている以上、このまま逃げるわけにはいかなかった。

身体の両脇に沿わせた手をぎゅっと握り、しばらくしてから力を抜く。同じ動きを繰り返しながらブーツに包まれた足首を静かに回した。幸いにも身体にはまだ鬼ごっこの余韻がある。深い呼吸を意識しながら男達の方へと歩き出すと、護衛の騎士が立ちはだかった。

「アーシェリア様、これ以上近付くのは危険です！」

「子供が捕まっているのよ。わたくしに民を見捨てろと言うの？」

騎士がぐっと言葉を詰まらせる。彼らは王太子妃を警護するためにここにいるのだから危険からアーシェリアを遠ざけようとするのは当然だ。

「わたくしにいい考えがあるわ」

「ですが……！」

「お願い、協力して。これは王太子妃命令よ」

本当は強制したくはないが、彼らに任務を放棄させるにはこれしか方法がない。騎士へ手早く指示を出してから、アーシェリアは暴漢と聖騎士が睨み合う場へと歩みを進めた。

「その子を返しなさい」

緊迫した空気を凛とした声が切り裂く。五人の男達は突如として割り込んできた若い女へ胡乱な眼差しを向けてくる。今にも泣きそうな顔をしていたイヴァンジェリンの目が大きく見開かれる。

「誰だ、てめえは」

「アーシェリア様……！」

呼びかけた名前と背後に控える王宮騎士の姿で、ワンピース姿の女の正体に気付いたらしい。一瞬驚いた顔をしたものの、すぐさま嘲るような笑みを浮かべた。

「あぁ、王子に取り入ったグリッツェンの女か。野蛮人に籠絡されるとは、王家も堕ちたもんだなぁ！」

男達がどっと一斉に笑う。背後で気色ばんだ騎士達が一度は収めた剣を抜こうとするのを制してからアーシェリアは一歩前に出た。

「自己紹介の手間が省けて助かったわ。貴方達と取引がしたいの」

「なりません！　不届き者と取引など……」

　聖騎士が制止しようとするのを無視し、更に一歩近付く。男達は警戒を強めながらじりじりと後退していった。

「その子を解放してくれたら、わたくしが代わりに貴方達と一緒に行くわ」

「なっ……！」

「人質としての価値はわたくしの方が高いと思うけれど、どうかしら？」

　リーダーと思しき男がイヴァンジェリンとアーシェリアを見比べている。手中にあるのは質素な服に身を包んだ孤児。それが王族に名を連ねる、上等なワンピースと装飾品を身に着けた女と交換できるのだ。

　すぐに交渉に応じると思いきや、見た目よりも慎重な性格をしているらしい。アーシェリアの頭から爪先まで舐めるように検分している。

「てめぇ、武器は持ってねぇだろうな？」

「もちろん。どこにも隠す場所はないわよ」

　両手を広げて丸腰をアピールする。しかし男達は腰から少し下の部分をじろじろと見つめているではないか。

「まさか……スカートを捲ってみせてほしいの？　グリッツェンでもレディにそんなはしたない命令をする者はいないけど」

「う、うるせぇ！　そんなこと言うわけないだろ!!」

　教会へ押し入ったくせに「野蛮人」よりも野蛮だと言われるのは我慢ならないらしい。無事に脚を衆目に晒す危機を回避し、アーシェリアは密かに胸を撫で下ろした。

「それじゃあ交換といくか。まずはお前がこっちに来い」

「いいえ、その子を解放するのが先よ」

「信用できるかよ。お前が先だ」

　これ以上の交渉は難しそうだ。アーシェリアは振り返ると護衛の騎士達に後退を命じた。男達へと更に近付き、三メートルほど離れた場所で立ち止まる。

「これでいいでしょう？　さぁ、イヴを解放してちょうだい」

　騎士達はゆうに十メートルは離れた場所にいる。もしアーシェリアがイヴァンジェリンと共に走って逃げようとしても、騎士より先に自分達が捕まえられると判断したらしい。ようやく突き飛ばすようにして人質が解放された。

「アーシェリア様……！」

「イヴ、よく頑張ったわね。怪我はない？」

「は、い……大丈夫、です」

　イヴァンジェリンは目に涙を浮かべながら何度も頷いた。恐怖に震える小さな身体をぎゅっと抱きしめてから両手で肩を優しく掴む。

「よく聞いてね。貴女はこれから思いきり走って、聖騎士様のところへ向かいなさい」

「は、い。わかり、ました」

「後ろを振り返っては駄目よ。それでね……」

途中から声を潜め、イヴァンジェリンにしか聞こえないように囁く。繰り返し伝える余裕はない。細い肩を後ろへ押し出すと軽やかな足音が遠ざかっていった。

それと同時にアーシェリアはイヴァンジェリンが来た方向へと歩き出す。ここからはより慎重に動かなくてはならない。五人の中で最も小柄な男がアーシェリアの腕を乱暴に掴んだ。

「あちらにわたくしの乗ってきた馬車があるわ」

「へぇ、立派なもんだなぁ。そりゃあ俺達からあんだけ金を巻き上げているんだから当然か」

こんな人間が税金を納めているとは意外だ。揶揄してやろうと思ったが、今は囚われの身なので大人しくするに限る。「行くぞ」の一言でアーシェリアを人質にした集団が動きはじめた。

御者は先に避難させてある。騎士達は隙あらば距離を詰めようとしているが、王太子妃に危険が及ぶのを恐れて踏みきれないでいるのが表情から伝わってくる。イヴァンジェリンの様子を確かめたかったのだが、男達に阻まれて姿は見えなかった。

「ほら、さっさと乗りやがれ」

まず一人が御者台に上り、一人が馬車に乗り込んだ。できればもう一人くらい先に入ってほしかったのだが仕方がない。残る三人に背後から監視された状態で、アーシェリアは馬車の踏み台へと足を乗せた。

「……あっ！」

残り一段のところでわざと踏み外し、がくんと身体が大きく揺れる。よろけた拍子に腕を摑んでいた男の方へと倒れ込み——鳩尾めがけて思いっきり肘を叩き込んだ。

「ぐあっ！」

打ち込んだ肘を軸にして身体を反転させ、その隙に武器を奪い取る。あまりにも突然すぎて状況が理解できていないのか、なすすべもなく地面に倒れた男は驚きの表情のまま固まっていた。

「おいっ、なにしやがる！」

久しぶりに手にした剣はやけに重く感じる。思うように扱えず、背後にいた男が振り下ろした剣をなんとか受け止めた。

「おいっ、早く捕まえろ!!」

アーシェリアの反撃を合図として騎士達が一目散に駆けてくる。その中に聖騎士の姿を見つけ、イヴァンジェリンがしっかり役目を果たしてくれたのを確信した。だが、安心するのはまだ早い。これでまたアーシェリアが捕まってしまえば、状況は元に戻るどころか悪化するに違いない。

本当は全員を完膚なきまで叩きのめしてやりたい気持ちでいっぱいだった。だけど久しぶりに剣を握っただけでなく、肩回りを動かしにくいワンピースのせいで防御に徹するので精一杯だった。

次々と襲いかかる斬撃に耐えきれず、横に吹っ飛ばされた拍子に車輪へ脇腹をしたたかに打ち付けた。

あまりの痛みに息が止まる。

ふっと意識が遠のきかけた次の瞬間、目の前に鈍色の刃が迫っていた。

「あっ…………！」

咄嗟にかざした手の向こうで一筋の金色が揺れる。耳障りな音がすぐ傍で響いたが、強張らせた身体にはなんの変化も起こらなかった。

呻き声と怒号が飛び交う中、地面にへたりこんだアーシェリアの上に影が差す。恐る恐る見上げてみると、そこには息を乱した美しい貌があった。

傍らに膝をついたエセルバートがゆっくり手を伸ばしてくる。頬に触れた指先から伝わってくるのは熱と——微かな震え。

「どうして、ここに……っ！」

問うより先に腕の中に囚われた。きっと大急ぎで駆けつけてくれたのだろう。押し付けられた胸元からは激しい鼓動と荒い呼吸が聞こえてきた。

「よかっ……た」

アーシェリアをかき抱いた男が絞り出すように囁く。安堵の色が滲んだ声を耳にした途端、全身からふっと力が抜けた。

「殿下、全員の捕縛が完了いたしました」

「わかった。後は任せる」

「はっ！」

周囲を見回すと男達は地面に転がされ、後ろ手に縛り上げられている。どうやら大きな被害を出さずに済んだらしい。

安堵したアーシェリアの身体はなんの前触れもなくふわりと浮かんだ。

「あ、の……？」

安全が確保されたというのに、どうして抱えられているのかわからない。だが、エセルバートは困惑する妻を腕にしたまま足早に歩き出し、待機していた馬車へと乗り込んだ。

「医師を妃の部屋に待機させておけ」

「かしこまりました」

エセルバートは扉が閉められる直前に命じ、座席に深々と腰を下ろした。その腕にはしっかりとアーシェリアが抱えられている。

「殿下、あの……」

下ろしてください、という言葉は後頭部に回った手が胸に顔を押し付けたことで封じられた。額を通して伝わる鼓動は相変わらず激しい。速くて大きなその音は常に冷静沈着な「完璧王子」にはそぐわない。けれど不思議と気持ちを落ち着かせ、いつしかアーシェリアの心臓も同じリズムを刻みはじめた。

意識が逸れていたせいか、脇腹の痛みは随分と和らいだ気がする。きっと痣になっているだろうが、コルセットのお陰で肋骨は折れずに済んだはず。窮屈で仕方ないと思っていたものに救われたのは少々複雑な気分ではあるが、結果的にはよしとしよう。

王宮に着いたというのに、一向にエセルバートの腕から解放してもらえる気配がない。当然のように抱えた状態で馬車から降ろされ、そのままエントランスホールを横切っていく。すれ違う使用人や貴族達が静かに驚いているのを横目に、アーシェリアの身柄は素早く私室へと運ばれた。

「アーシェリア様！　よくぞ、ご無事で……」

侍女達が今にも泣きそうな顔で出迎えてくれる。なにを大袈裟な、と言いたいところだったが、改めて見るとなかなか悲惨な有様になっていた。

大立ち回りのせいで革のブーツが傷だらけになっている。ワンピースは土埃まみれな上に淑女らしからぬ激しい動きをしたせいだろう、肩と脇の縫製部分が何箇所か裂けていた。

こんなボロボロの姿でエセルバートに抱えられていたなんて、急に恥ずかしくなってくる。もしかして、あまりにもひどい状態だったので隠してくれたのかもしれない、という考えが頭を一瞬よぎったが、すぐさま否定した。

「どうした。早く診ろ」

エセルバートが苛立った声で催促する。だが、王家専属の医師は戸惑いを隠しきれない様子で診るべき患者を見上げていた。

「あの、殿下……まずはお妃様にお座りいただきませんと」

「なにを言っている。ちゃんと座っているだろう」

「それは、そうなのですが……」

王家専属の医師として長年仕えている彼ですら、こんな状況は初めてらしい。王太子の説得を諦めたのか、患者であるアーシェリアへと目で助けを求めてきた。

私室に着いてもなお、エセルバートは妻をしっかりと抱え続けている。その姿は、一度手を放したら二度と戻ってこないと思い込んでいるようにも見えた。

「殿下、一体なにをなさっているんですか」

部屋に入ってきたブラッドリーが呆れた声で問う。つかつかと目の前までやって来ると眉間に深く刻まれた皺を指で揉みほぐした。

「いいですか、妃殿下が怪我を負われているかどうかを確認するのにお召し物を脱いでいただく必要があります。殿下が抱いていてはそれができません」

宰相の容赦のない指摘にエセルバートがぐっと言葉を詰まらせる。強力な助っ人の登場に壮年の医師がしきりに頷いていた。

「それに殿下も着替えませんと、この後の執務に支障が出ます」

地面に倒れ込んだアーシェリアを抱えていたのだから、服に汚れが移っているのは当然だ。正論の数々にようやく観念したらしい。頭上から大きな溜息が聞こえると同時にふわ

りと身体が浮き上がった。

まるで壊れ物を置くようにソファーへ着地させられたアーシェリアが彼を見上げる。そこにある美貌は相変わらず険しい表情を浮かべているというのに、なぜか今にも泣き出してしまいそうにも思えた。

「……また来る」

低い声で告げるなり、エセルバートは風のように去っていった。

診察の結果、暴漢に立ち向かったフーヴベルデの王太子妃は軽傷で済んだとの発表がなされた。一番大きな傷は脇腹の打撲（だぼく）だが、安静にしていれば問題ないらしい。残るはいくつかの擦り傷と、そして久しぶりに剣を握ったことで掌にできた水ぶくれだが、これらも軽く消毒するだけで終わった。

診察と治療を受けている間に入浴の準備が整えられ、終わるなり髪と肌についた汚れを丹念に落とされる。今は身体への負担を極力減らした方がいいという指示のもと、コルセットの着用は禁止された。

「アーシェリア様、お加減はいかがですか？　他に痛むところはございませんか？」

「大丈夫よ。ありがとう」

身支度を調えてソファーに座ると、ティーカップを運んできた侍女から心配そうに問われた。リラックス効果のあるハーブティーを用意してくれた配慮に感謝しつつ、優しい香りのするお茶を味わう。

グリッツェンにいた頃、アーシェリアは一度だけ襲撃を経験している。だがすべて王女へ辿り着くより先に騎士達の手によって成敗されていた。危険が目の前まで迫ってきたのはこれが初めてで、殺意を持って振りかざされた刃を思い出すだけで震えが走る。

だがもし、また同じ状況に直面したらアーシェリアは今回と同じ選択肢を選ぶだろう。民を護るのが王族としての矜持であり、決意でもあった。

ノックと同時にがちゃりと音が鳴り、いつの間にか手元に落ちていた視線を上げる。少々雑に開かれた扉の向こうから服を着替えたエセルバートが姿を現した。

「あっ……」

そういえばまた来ると言っていた。だが、こんなに早くに再訪してくるとは思わず、出迎える準備はできていない。とりあえずお詫びを、と慌てて立ち上がったアーシェリアの前で事件が起こった。

いつものようになにも言わず、硬い表情をしたエセルバートがまっすぐこちらへ向かってくる。だが途中で足を取られて前へとつんのめった。転ぶ！　と誰もが身構えた中、曲げた両膝を揃えて磨き上げられた床の上を滑ってくる。

エセルバートは正座の体勢を維持したまま、正面に立つ妻に衝突する。膝を押されてソファーへと逆戻りしたアーシェリアを更なる衝撃が襲いかかった。

見下ろした先にあるのは、間違いなく夫の後頭部である。結んだ金の髪がさらりと揺れる様を目で追っていると手前に引き寄せられた。つまり、エセルバートは妻の腰に手を回し、太腿に顔を埋めたまま動かなくなっているのだ。

（これって、どうしたら……？）

この状況に対応しきれていないのはアーシェリアだけではない。傍に控えている侍女達も扉から顔を出している騎士も、皆一様に驚きの表情を浮かべたまま固まっていた。

時が止まったかのような王太子妃の私室へ急ぐ足音が近付いてくる。開け放たれた扉から息を切らしたブラッドリーが姿を見せた。

「殿下！　お一人で先に行かれてはこま…………は？」

さすがの宰相もこの状況は想定していなかったらしい。正座でアーシェリアに縋りつく王太子を硬直したまま眺めていた。

「あの、宰相……」

アーシェリアの呼びかけでようやく我に返ったらしい。ブラッドリーは地を這うような溜息を零してから力なく微笑んだ。

「人払いを」

「えっ」

まさかの命令に思わず声を上げたが、宰相は無言のまま皆を連れて部屋を出ていってしまった。

二人きりになった空間を静寂が満たす。いつものような重苦しい雰囲気になっていないのは、触れている場所がエセルバートの状態を教えてくれているからだろう。熱い呼気がスカートを通して太腿を温め、膝頭からは激しい鼓動が伝わってきた。

この国で最も安全な場所で治療を受けていたというのに、どうしてここまで心配する必要があったのだろう。

相変わらずエセルバートがなにを考えているのかわからない。

だけど今、アーシェリアが身体を通して知ったことだけは信じられた。

「殿下、あの……大丈夫、ですか？」

床に膝を打ちつけ、そのまま滑ったのだから怪我をしていないか心配になる。そっと肩に手を乗せて問いかけると、エセルバートの腕にぐぐっと力が籠められた。引っ張られて徐々にお尻が前の方へとずれていく。慌てて肩を押したものの到底力では敵うはずもなく、遂に座面から滑り落ちてしまった。

「もっ、申し訳ありません！」

エセルバートの膝へ乗り上げたアーシェリアは慌てて飛び退ろうとして――阻まれた。またもやぎゅうぎゅうに抱きしめられて身動きが取れないようにさせられる。脇腹が痛んだがそれを気にしている余裕など残されていなかった。

「アーシェ……」

肩口に押しつけられた唇が名前を呼んだ……気がする。本当に呼ばれたかどうかは定かでないが、呼ばれたのであれば返事をしなくてはならない。ゆっくり上げられた顔を見つめようとしたが、不意に翠眼が迫ってきた。

「あ、の……んっ」

呼びかけたのかを訊ねるより先に唇を塞がれ、思わずくぐもった声を漏らす。ただ唇同士をきつく押し付けているだけの、一切の技巧もない口付けだというのに体温が一気に上がっていくのを自覚する。

「はっ、あ………、でんっ………」

一度離された唇はすぐさま押し付けられた。今度は上下の合わせ目を舌先がなぞり、ぴちゃりと音を立てた。憶えているようでいて、そうでもないような感覚。戸惑いを残したまま勝手に身体だけが反応してしまう。

「アーシェ……」

「は、い」

吐息交じりの呼びかけが唇の表面を通じて届けられる。乱れつつある息をそのままに返事をすると、強く吸い付かれた。一体なにが起こっているのか、まるで思考が追いついていない。それでも不思議と嫌悪感は湧いてこなかった。

空気を求めて開いた隙間からぬるりとしたものが侵入してくる。小さく揺れた身体はしっかりと抱き込まれ、逃げるという選択肢はあっさりと潰された。口内を蹂躙（じゅうりん）するかのようなキスに翻弄されているうちに、いつの間にかエセルバートにすっかり身体を預けていた。

「アーシェ、お願い……ここにいて」

「や、あっ……ん、んっ」

ようやく執拗なキスから解放されたのも束の間、右耳を柔く食まれた。そこから流し込まれる懇願の言葉が脳へと直接染み込んでいく。熱い吐息と切なげな声に全身が震え、更にしっかりと抱えられてしまった。

「嫌だ……出て、いかないで」

滑り落ちた唇が首筋に押し当てられ、きつく吸い付いた。小さな痛みの後にじわりと熱を帯びる。アーシェリアに痕跡を刻みつけた唇は位置を変え、またもや同じことを繰り返した。

「でん、かっ……どうか、それは……っ」

胸の膨らみをふにふにと弄ばれる。布越しに伝わってくる熱と感触がお腹の奥を疼かせる。咄嗟に不埒な真似をする手を摑んだものの、エセルバートは構わず妻の胸の感触を確かめていた。

「直接……触りたい」

「えっ、あのっ……それ、は…………！」

人払いはされているが、廊下にはブラッドリーや侍女達が控えている。これ以上は止めないと、と浮遊した思考の中から理性が叫ぶ。

辛うじて摑んだままの手に力を籠めようとして――控え目なノックの音が聞こえた瞬間、ボタンに掛かった指が止まった。

「殿下、そろそろお時間で…………ええ……」

瞬時にしっかりと抱え込まれて息が苦しい。顔を上げるとブラッドリーがなんとも微妙な表情で王太子夫妻を見つめていた。

「まさか殿下、こんなに時間を差し上げたのになにも話をしていないのですか!?」

「…………仕方ないだろ」

拗ねた子供のように返しているのは本当にあの「完璧王子」だろうか。綺麗な顔を斜め下からぽかんと見つめていたアーシェリアは、視線の急上昇に思わず小さな悲鳴を上げた。

「ひゃっ！」

エセルバートは構わずずんずんと宰相の待つ扉の方へと歩き出す。廊下に出ると侍女と護衛騎士達が、今まさに姫抱きで運び出されようとしている王太子妃の姿にあんぐりと口を開けた。

「これから地下牢に行くんですよ？　まさか妃殿下を連れていくおつもりですか!?」

「そんなわけがないだろ。あんな下衆どもにアーシェを見せられるか」

「でしたらお部屋に戻してください！」

物扱いされているような気がしないでもないが、ブラッドリーの言い分には筋が通っている。だが、エセルバートは元いた場所に戻すどころかぎゅうっと更に強く抱き込んだ。

「……その間に、いなくなったらどうするんだ」

「えっ？」

聞き間違いかと思いきやエセルバートの顔は真剣そのもの。どうやら妻が宣言を遂行するのを阻止しようと必死になっているらしい。一連の行動の意味がようやく腑に落ちた。

一方でブラッドリーはこめかみに指を当て、目を閉じながら深い溜息をつく。

「どうしてこのお方は、毎回毎回やることが極端なんだ……」

恨みがましい呟きは幸か不幸か誰の耳にも明瞭には届かなかった。王太子夫妻に振り回されっぱなしの宰相が力なく微笑む。

「妃殿下、大変申し訳ないのですが、帰国の件について殿下にお話しいただけますか？」

「あ……はい、あの……」

今は長々と話せる状況ではないので端的に伝えるべきだろう。アーシェリアが見上げるとじっとこちらを見つめる翠眼と視線がぶつかった。不安げに揺れる瞳を目にした瞬間、唇が勝手に開く。

「わたくしは、郷に帰ったりいたしません」

正確には「無断では帰らない」とブラッドリーには約束した。だけど今は違う。自分の気持ちを伝えてもう一度だけ頑張ってみようと決めた。それに、アーシェリアに与えられた口付けや言葉の意味を確かめたい。だからそれを知るまで帰るつもりはなかった。

「ほんと、に……？」

薄い唇から紡がれた問いは掠れている。たっぷりの安堵と少しの疑念が入り交じった声で訊ねられ、アーシェリアは何度も小刻みに頷いた。

エセルバートは唇を引き結ぶと元いた部屋へ向かって歩きはじめる。そして大事に大事に抱えていた妻を座っていた場所に戻した。離れていく手がぎゅっと拳を作ったのを視界の端で捉える。これは夫がなにかを堪える時の仕草なのは気付いている。ただし、アーシェリアの認識とは真逆の意味だったのかもしれない。

見上げていた綺麗な顔がすっと近付けられる。名残惜しげにもう一度抱きしめられ、耳元に熱い吐息が吹きかけられた。

「すぐに戻ってくる。だから……待っていて」

「は、い……」

切なげな声での懇願に、アーシェリアはすぐさま素直に返す。ようやくエセルバートは安心できたのか、身を翻して素早く去っていった。

今まであんな声色で話されたことはないはずなのに、聞き覚えがある。記憶の中からそれを見つけた瞬間、かっと耳が熱くなった。

(幻想ではなく……現実だったの?)

全身へと熱が広がりはじめているのを感じながら、アーシェリアは両手で顔を覆うなりぱたりと倒れ込んだ。

アーシェリアはソファーの上で膝を抱え、じっと暖炉の炎を見つめていた。

そろそろ深夜と言っても差し支えない時間になったというのに、エセルバートはまだ戻ってこない。どうやら例の強盗団には高位貴族の後ろ盾が付いている可能性が高く、調査と対応に追われていると王宮騎士団長が伝えに来てくれた。

その連絡と併せてアーシェリアへの聞き取りに訪れた彼は、部下から報告を受けて相当驚いたらしい。王太子妃の勇敢さを褒め称えると同時に、今後は決して無茶をしないようにと釘を刺してきた。

これに関してはアーシェリア自身も反省せざるを得ない。馬車に乗り込む時、足を踏み外したタイミングで反撃に出るのは自分の護衛騎士へあらかじめ伝えていた。味方は多いに越したことはないと考え、イヴァンジェリンに頼んで聖騎士にも言伝したというのに、彼らが加勢に駆けつけるより前にピンチに陥ってしまったのは想定外だった。

きっと鍛錬を続けていれば援軍の到着まで耐えられただろう。だが、剣の腕前は想像していた以上に衰えていた。どうにかしてこっそり練習できる方法を考えないと、と密かに決意する。

「…………はぁ」

立てた膝に顔を埋め、ひたすら夫の訪問を待つ。院長からのアドバイス通り、問うのではなく想いを伝えようと意気込んでいたのだが、時間が経つにつれて不安になってきた。

せめてあとどれくらい待てばいいのかを教えてほしい。このまま朝を迎えてしまうような気がして、鼻の奥がツンと痛くなってきた。

薪の爆ぜる音の合間にかたん、と音がする。アーシェリアは咄嗟に体勢を戻して夫の私室へと続く扉を凝視した。あちらから聞こえたのは間違いない。にわかに緊張が高まってきたというのに、一向に扉が開かれる様子はなかった。

もうこれ以上、中途半端な状況は耐えられそうにない。遂にソファーから立ち上がり、音のした方向へと歩きはじめた。

(様子を窺うくらいならいいわよね……?)

返事がなければ諦めればいい。そう言い聞かせながらアーシェリアは震える手で拳を作り、控え目にノックした。

なにも返事がない。落胆と安堵が同時に襲ってくる。だが、ソファーに戻ろうとしかけた耳が微かに人の息遣いを捉えた。

(まさか倒れて……!?)

「し、失礼いたしますっ!」

断りを入れてからドアノブを押すと鍵は掛かっていない。そのまま体重をかけて勢いよく夫の私室に飛び込んだ。

「………えっ?」

素早く床を見回してエセルバートの姿を探そうとした。すぐさま二本の脚を見つけたのだが、倒れておらずしっかりと立っている。しばし上品な装飾の施された室内履きを眺めてからゆっくり視線を上へ向けていく。

そこにはガウン姿で寝支度を調えた夫の姿があった。

「殿下、どうかなさいましたか!?」

　エセルバートはこちらを見つめ、直立不動のまま動きを止めている。立ったまま気を失ったのだろうか。慌てて手を取ると驚くほど冷えきっていた。脈はちゃんとふれているがこの状態は明らかにおかしい。

「今すぐ人を……！」

　侍従を呼ぶベルはベッドサイドかテーブルにあるはずだが、初めて入った部屋なのでどこになにがあるのかわからない。大急ぎで周囲を探しはじめたアーシェリアが壁に目を向けた瞬間、ぴたりと動きを止めた。

「これ、って………」

　壁にずらりと立派な額縁が並んでいる。そこに収められている肖像画にはどれも見覚えがあった。

　一番左にある絵には、小さな女の子が椅子に座った姿が描かれている。そこから右に行くにつれて段々と成長し、右端には栗色の髪と琥珀色の瞳をした女性がグリッツェン式のドレスを纏って微笑む姿があった。

　ここにあるアーシェリアの肖像画はどれもグリッツェン王宮にあったはず。王族の肖像画だけを飾ってある宮の一角とまったく同じ光景をアーシェリアは信じられない想いで見つめていた。

　それだけではない。肖像画の並んだ場所から左側の壁も小さめの額縁が埋め尽くしている。こちらに収められているのは絵ではなく、刺繍を施されたハンカチだった。

フーヴベルデにはハンカチを飾る風習があるのだろうか。そんな話は聞いたこともないし、エセルバート以外の人は使っているのをこの目でしっかりと見ていた。

しかも、傍らにあるガラスのキャビネットにはアーシェリアが贈ったカフスボタンやタイピンが飾られているではないか。ご丁寧に厳重に鍵まで付けられており、とんでもない貴重品のような扱いを受けている。

この状況を見る限り、エセルバートはアーシェリアにまつわる品々に囲まれて過ごしていると言っても過言ではない。その事実に思い至った瞬間、心臓がどくどくとうるさく騒ぎはじめた。

ここが執務室であれば、妻との仲が良好だというアピールに使われていると思うだろう。だがここは王族専用の棟の、王太子の私室なのだ。

振り返るとエセルバートがこちらを見つめている。気絶しているわけではないとほっとした瞬間、言いたいことが口をついて出てきた。

「あ、あの……殿下。ハンカチは飾っていただくのもいいのですが、できれば使っていただ……」

「そんな勿体ない真似はできない」

強い声で遮られ、アーシェリアはびくりと身を震わせる。口調こそ怒っているように聞こえたものの、告げられた理由は好意をはっきりと示していた。

これは気持ちを伝える絶好のチャンスではないだろうか。胸の前で両手を握りしめ、意を決してエセルバートをまっすぐに見つめる。

「……アーシェが私の部屋にいる…………これは、夢？」

「ゆ、夢ではありませんっ！」

ここまできて夢扱いされるのは我慢ならない。アーシェリアは慌てて彼のガウンの袖を摑むとエメラルドのような瞳を覗き込んだ。

いくら妻とはいえ、王太子の私室に許可なく立ち入ってしまった。離縁どころか不敬罪に問われても仕方がないかもしれない。だがこれ以上、事態は悪化しようがないのだとアーシェリアは開き直ることにした。

「許しをいただかずにお部屋に入ったことは本当に申し訳なく思います。ただ、どうしても殿下とお話がしたくて」

みるみるうちに目の前の美しい貌が強張っていく。まるでなにかに怯えているような眼差しに戸惑いながらもアーシェリアは必死に言葉を続けた。

「わ、わたくしは殿下から婚姻の打診があったと聞いて本当に嬉しかったのです。あの時の約束をこんな形で果たしてくださるなんて、まるで夢みたいだと……」

本当はフーヴベルデの王太子妃らしく淑やかに伝えるつもりだった。だけど取り繕ったところで今更だろう。それに、率直に思いの丈をぶつける方が自分らしい気がした。

「わたくしは殿下と形だけの夫婦でいたくありません。せめて、家族として友好的な関係を築いていきたいのです」

離縁するなら技術提供は中止する。これは政略結婚なのだとエセルバートの口からはっきり告げられていた。

だけど、それでも、冷たい関係のままでいるのは絶対に嫌だ。

夫婦の寝室でのみ見せる別人のような姿や、自分への執着にも見えるこの部屋での贈り物の扱いについても訊ねたかった。だけどまず、質問するより気持ちを伝えると決意したのだ。

想いを伝えられた達成感、そして壁に飾られた肖像画や贈り物の数々の力を借りて、今度はエセルバートに一番訊きたかったことを問いかけた。

「わたくしに不満があるのであれば遠慮なく仰ってください。どのあたりがお気に障るのかを……ひゃあっ！」

急に強く引き寄せられて思わず小さな叫び声を上げる。驚きで固まるアーシェリアを抱えたエセルバートはずんずん部屋の奥に歩みを進めると、そのまま勢いよくベッドに飛び乗った。

王族らしからぬ振る舞いに唖然としたアーシェリアだが、迫ってきた美貌にはっと我に返る。ほんのりと頬が上気し、翠の瞳が潤んでキラキラと輝いている。長い指がアーシェリアの頬を滑り、肩に広がった髪を一房摘まみ上げるとエセルバートは囁くように告げた。

「不満など……あるはずがないだろう」

「でしたら、どうして……」

目端に映ったものにアーシェリアははっと息を呑む。思わず身を乗り出してベッドの傍らに置かれた額縁を手に取った。

十八歳の誕生日と輿入れを記念したこの絵だけ壁ではなくこんなところにあるなんて。

この絵はフーヴベルデに送ると聞いていた。画家には不自然にならない程度に可愛くしてくれと必死に頼み込んだのを憶えている。

「もしかして、実物のわたくしを見てがっかりしたのでしょうか……？」

アーシェリアからするとちょっぴり可愛くしてもらったという認識だが、そこから更に美化した想像をされていたのかもしれない。元々が美しいエセルバートとは逆の意味で「絵姿とは別人」と思われたのかもしれない。

こんなに落胆されるのであれば下手に誤魔化さなければよかった。実物より美しさが約三割増しの肖像画を手に意気消沈していると、後ろからきつく抱きしめられた。

「ち、違う……！　実物のアーシェの方が何倍、いや何百倍も綺麗だ!!」

「ですが、この絵の方がよかったから、手元に置かれていたのではないのですか？」

置いてあった場所から察するに、ベッドに入ってからこの絵を眺めていたのだろう。気に入っていなければ傍に置いたりしないはず、という指摘にエセルバートは言葉を詰まらせた。

「れ……………練習、をしてたんだ」

「どんな練習でしょうか？」

少々美化された自分の絵姿をなにに使っていたのだろう。用途が気になって仕方がない。

しばしの沈黙の後、アーシェリアの耳元で囁くように告げられた。

「実物のアーシェと……緊張、しないで……話ができる、ように………」

「殿下は緊張していたのですか!?」

背後から「うん」と蚊の鳴くような声と首肯の気配が届く。肩のあたりで響くどくどくとした振動はエセルバートの心臓だろうか。大丈夫なのか振り返ろうとしたが、強く抱きしめてくる腕によって阻まれた。

「殿下、あの……顔を見てお話ししませんか？」

「無理だ」

またもやばっさりと却下されてしまった。しかし「嫌」ではなく「無理」とはどういうことなのだろう。

「殿下は緊張なさっていたので、いつも少し怒ったような顔だったのですね」

緊張の表れ方は人それぞれだ。なお、兄のヴァディスは意味もなく笑えてきてしまうそうで、大きな式典などの時にニヤニヤしてしまい、よく父に叱られている。きっとエセルバートはそれとは逆で強張ってしまうのだろう。それなら今は……？

「半分は、そうだね」

「残りの半分には別の理由があるのですか？」

「うん……アーシェはこういう顔が好きだと思って」

「えっ？」

予想外の理由を告げられ、アーシェリアはぱっと振り返る。すぐさま顔を逸らされてしまったが、真っ赤になった耳と目元だけは辛うじて確認できた。エセルバートの真っ白な肌があんなに朱くなるなんて。もっと見てみたいという気持ちが徐々に高まってきた。

「アーシェはアークエット騎士団長を『大好き』って言っていたよね？」

「え？　えっと………そう、ですね」

父の盟友であるヘンドリック・アークエットはニルスの父親であり、現在は昇進して騎士団の総司令を務めている。アーシェリアには滅法甘く、兄やニルスにからかわれるとすぐに鉄拳制裁を下してくれる力強い味方だった。

幼い頃はたしかに巨石のような体軀と厳つい顔つきが格好いいと思っていた。だが、「天使様」に出会って以来は完全に好みが変わったなど、当然ながらエセルバートが知るはずもない。

「私は体質的に筋肉が付きにくいらしく、どんなに鍛錬してもあの方のように立派な体格にはなれなかった。だからせめて、表情だけでも近付けようと……思って」

「そう、だったのですね」

あの時の言葉を真に受けていたとは思ってもみなかった。本当はグリッツェンの騎士団総司令は感激屋ですぐに男泣きするのだが、今の状況でそれを打ち明けるのは躊躇われた。

「私と初めて会った時、アーシェの降嫁先は内々で決まっていたのは知っている？」

「はい。ですが、ニルスとわたくしが夫婦になるなんて、とても想像できないとお互いに言っておりました」

アーシェリアの父親は国の護りをより強固なものにしようと、娘をアークエット家へ嫁がせるつもりだったらしい。しかしもう一人の兄のような存在であるニルスをそういった目では見られなかったし、彼に想い人がいるのも知っていた。

「それでも、陛下は強行しようとしているとヴァディス殿が内密に教えてくれた。だから私は……それ以上にグリッツェンの利になる条件を提示しなければならなかったんだ」

知性を重んじる国の王太子でありながら武の国の姫を娶る。つまりはどちらの国も納得させられるよう文武両道を目指すべく努力を重ねた。そして十五歳で王太子となった際、グリッツェンからお祝いにやって来たヴァディスと剣を交え、その実力を認めてもらったのだと語った。

エセルバートが「完璧王子」と呼ばれるようになったのはちょうどその頃からだったはず。初めて明かされる事実にアーシェリアは言葉を失った。驚きが伝わったのか、頭頂にそっと口づけが落とされる。

「ソレイヤード港の一件でようやく婚姻を認めてもらえた。だけど、いざアーシェを前にするとひどく緊張してしまって……平静を装うのに必死だったんだ」

「どうして教えてくださらなかったんですか？　それを知っていれば……」

不意に強く抱き込まれて抗議の言葉が途切れた。

ずっと嫌われていると思っていた。昔の約束は幼さゆえの過ちであり、これは単なる政略結婚に過ぎないのだと。

だからせめて、エセルバートの妃として相応しい人間になろうと、傷ついた心を隠しながら必死で努力してきた。だから、真実を打ち明けられたからといって簡単に納得できるはずがない。

「情けない男だって幻滅されるのが怖かったんだ。本当に、ごめん……！」

輿入れして以来、ずっと胸の奥で溜まり続けていた戸惑いや悲しみが徐々に怒りへと変わっていくのを感じる。

このまま赦せるほど人間はできていない。抱き込んでくる身体が震えているのを感じながら、アーシェリアは低い声で囁いた。

「心から申し訳ないと思っているのでしたら、腕を解いてください」

「え……」

「このような状態で謝罪されても、わたくしは受け入れません」

ちゃんと顔を見て、目を合わせて謝ってほしい。そうしなければ赦さないと告げるとエセルバートは黙り込んでしまった。ここまで打ち明けておいて今更だというのに、なにを躊躇っているのかわからない。お腹に巻き付いた手を外そうとして、その掌がじっとり湿っているのに気付いた。

「あの……そんなに緊張なさらなくても大丈夫ですよ？」

「ご、ごめんっ！」

掌に指を這わせた途端、ぱっと解放された。

もしかして、エセルバートは緊張すると掌に汗をかくタイプなのだろうか。それが常に手袋を着用していた理由だと思い至った途端、すとんと腑に落ちた。

拘束を解かれたアーシェリアが振り返り――視線の先にあったものに釘付けになる。

いくら整っているとはいえ、そろそろ夫の顔は見慣れてきただろうと思っていた。だがそれは盛大な勘違いだったらしい。あの「完璧王子」と称されるフーヴベルデの王太子が今にも泣きそうな顔をしている。

「ずっと黙っていて……本当に、ごめん………」

しみ一つないきめ細やかな頬を上気させ、翠眼にうっすら涙を浮かべている様を目にした途端、アーシェリアは瞬きを忘れて見入ってしまった。まるで悪戯を叱られた子供のようで、年上なのにうっかり可愛いと思えてしまう。

容姿端麗、頭脳明晰と名高いエセルバートにこんな一面があったなんて、誰が想像できただろうか。アーシェリアはそっと手を伸ばし、滑らかな頬に指先を添えた。

「わたくしは、殿下がどんな顔をなさっていても好きですよ？」

「アーシェ……！」

感極まったように勢いよく引き寄せられる。きつく抱きしめられたまま唇をこめかみに押し当てられ、掠れた声で名を呼ばれる。その瞬間、胸がきゅうっと強く締め付けられた。

さっきは否定したが、やっぱりこれは夢なのかもしれない。お願い、どうかまだ覚めないで……！　そう願いながらアーシェリアもまた必死で抱きついた。

「幸せすぎて、死んでしまいそうだ……」

「そんなことを仰らないでください。殿下に死なれたらフーヴベルデはどうなるのですか？　まだ子供もいないというのに……！」

突然の死亡宣言に思わず本音が漏れる。はしたない真似をしてしまったと焦るアーシェリアの前で完璧なまでに整った美貌がへにゃりと崩れた。初めて目にする気の抜けた表情もやっぱり可愛いと思えてしまう。

「アーシェは、私の子が欲しい？」

「はい……欲しい、です」

王太子に嫁いだのだから世継ぎを産むことがアーシェリアに課せられた唯一であり絶対の役割である。しかしそんな理由はあくまでも建前で、アーシェリアは純粋に大好きな人の血を継いだ子供が欲しかった。

しどろもどろになりながらもアーシェリアは懸命に夫へと伝える。今まで見たこともないほど顔を緩ませたエセルバートはたどたどしい告白にうっとりと聞き入っていた。

「本当に可愛い……本当はもう少しだけ二人でいたかったけど、アーシェが望むならすぐにできるように頑張らないと」

「えっ？　あ……っ！」

　ガウンの腰紐がするりと解かれ、いつも以上に気合いの入った薄手の夜着が姿を現す。衝撃的なことが起こりすぎて、すっかりそれが頭から抜け落ちていたアーシェリアは大慌てで深く入ったスリットから覗く太腿を隠そうと手を伸ばした。が、それはあっさりと阻まれ、指を絡ませるように繋ぐとシーツに押し付けられる。

　宝石のような瞳から放たれる眼差しには熱が籠もっているように感じる。これは義務などではなく、想いが通じ合った二人の交わりなのだ。全身を隅から隅までじっくり見つめられたアーシェリアは恥ずかしさのあまりぎゅっと目を閉じた。羞恥で上気する身体をエセルバートが優しく包み込んだ。

「アーシェ……あ……愛してる。ずっと私の傍に、いてほしい」

　伝わってくる鼓動が刻むのは、自分とまったく同じリズム。耳元に押し付けられた柔らかい熱が、今までずっと欲しくて、でもそれは叶わないのだと諦めていたものを運んできた。胸がいっぱいで息が苦しい。堪えきれずにぽろりと一粒、雫が目尻から零れ落ちる。それが呼び水となり琥珀色の瞳からとめどなく涙が溢れてきた。

「嫌、だった……？」

「いえっ、その……嬉しくて。わたくしも、殿下をずっと、お慕いしておりました」

　ぎこちなく笑った顔は十年前の別れを思い起こさせる。「無理、可愛いすぎる」と連呼しながらぎゅうぎゅうに抱きしめてくるエセルバートの首に腕を回し、アーシェリアも負けじと強く抱き返した。

熱い吐息が頬を撫でた次の瞬間、唇を彼のもので塞がれた。強く吸い付いたり軽く歯を立てられたりして、徐々に唇が痺れたような感覚に支配されていく。

房事の翌朝はやけに唇が腫れると思っていたが、これのせいだったのか。やられっぱなしが少し悔しくて、アーシェリアはすかさず近付いてきたものにはむっと噛み付いた。

予想外の反撃にエセルバートの身体がびくりと揺れる。お返しです、と囁いた唇を今度は噛み付かんばかりに塞がれた。

「ん……は、ぁ………」

緩んだ隙間から入ってきたものがアーシェリアの舌に絡みつく。口内をくまなく這い回る感覚に腰のあたりがぞくぞくしてくる。知っているような、でも初めてにも思える刺激にアーシェリアは思わず甘い吐息を零した。

「ひゃ、あっん……っ」

「アーシェの声、すごく可愛い……」

口端から溢れた唾液を舐め取ったエセルバートの唇が首筋に落とされた。唇と同じように強く吸い付き、軽く歯を立てられる。絶え間なく与えられる愛撫に耐えるだけで精一杯のアーシェリアは、胸元のリボンが解かれていたことに気付く余裕などなかった。

胸の膨らみを包み込む感触がやけに生々しい。先端をきゅっと摘まれ、思わず反らした喉に小さな痛みが走った。

快楽の逃がし方を知らないアーシェリアはただひたすら耐えるしかない。縋り付くものが欲しくて、胸元に顔を埋める夫の頭を抱え込んだ。

「アーシェの胸……本当に気持ちいい」

「いやでは、ないですか？」

「まさか。誰にも見せたくないと思うほど大好きだよ」

下から持ち上げるように掴まれたその先端に濡れた感触が這わされた。その言葉通り、エセルバートはひどく熱心に愛でている。やっぱり閨での出来事は夢でも幻でもなかったんだ。それが嬉しくて、なにより気持ちよくて堪らない。アーシェリアは眩い金髪を指で乱しながら自分が発しているとは信じ難い声をぼんやりと聞いていた。

「あっ…………ん、で、んか……っ！」

「十年前みたいに呼んで。……覚えてる？」

初めて会った時、アーシェリアは天使のような少年の名前が言えなかった。だから少年は愛称で呼ぶことを許してくれた。

ずっと心の中で呼び続けてきたその名を忘れるはずがない。乱れた金髪の間から覗く瞳は不安に揺らめいていた。

「エセル、さま……」

囁くように紡がれた呼びかけにエセルバートはびしりと固まる。あれ、間違った……？

段々と不安になるアーシェリアのすぐ横に頭がぼすんと落下した。

「心臓が……止まるかと、思った……」

「えっ、あの、でしたら、もうお呼びしない方が」

「いや、頑張って慣れる。だから……二人きりの時はそう呼んで」

その愛称を呼ぶのを許しているのはアーシェリアだけだと告げられ、また泣きそうになってしまう。さっき自分がされて嬉しかったからと、形のいい耳に唇を押し当てて「エセル様、大好きです」と囁いてみた。

「アーシェは……私を殺す気？」

「えっ、そんなつもりは……きゃあっ!!」

エセルバートは慣れた手付きでアーシェリアの身体を倒し、下肢に残った布切れを取り払う。あまりの手際のよさに驚く間もなく、身体の中心を貫くような刺激が駆け抜けた。

指でなぞられた場所がくちゅりと淫らな水音を立てる。知らぬ間にこんなにも感じるようになっていた自分の身体が恥ずかしい。咄嗟に内腿に力を入れかけると、肉襞に隠されている粒を指先で押し潰された。

「エセル、さま……っ、これ…っ、や、あああ…………っ！」

適度な強さで刺激を送られ、とどめと言わんばかりに硬くなった乳首に歯を立てられた。目の前で沢山の火花が散り、爪先までぴんと伸ばしたアーシェリアは真っ白な世界に放り込まれる。

くたりとベッドに沈み込んだ身体をエセルバートは蕩けそうな笑みを浮かべて抱き寄せ

た。乱れた息が整う間もなく何度も唇にキスが落とされ、尻のまろみをなぞるような手付きに段々と身体が火照ってくる。

「気持ちよかった？」

「んっ……は、い」

身体が浮き上がるような感覚が少し怖かったけれど、大好きな人が喜んでくれるならこれくらい我慢できる。思わず抱きついた身体はしっとりとした熱を帯びていた。いつの間に脱いだのだろうか。まだ頭がふわふわしているアーシェリアはなんの抵抗もなく、されるがままに膝を割られた。

太腿をかすめた大きくて熱いなにかを確かめようと思わず頭を起こす。しかしそれはエセルバートのキスで阻まれ、押し倒された勢いのままにそれが胎内に侵入してきた。

「ん……ふっ、あ、は…ぁ………っ」

今まで感じたことのない圧迫感に身体が自然と逃げを打つ。シーツを蹴った踵はすかさず持ち上げられ、エセルバートの肩に掛けられた。二つ折りにされたアーシェリアへ容赦なく熱い楔がずぶずぶと打ち込まれていく。

「……痛い？」

「だい、じょうぶ、です……」

痛みはないがとにかく苦しい。内側から押し広げられる感覚は記憶に残っているものとまったく同じ。やはりあれは夢でも願望が見せる幻でもなかったのだと実感する。

エセルバートが苦しげに顔を歪め、なにかに耐えるように唇を噛みしめているのに気付き、アーシェリアは思わず手を伸ばして頬にそっと触れた。

「エセル様こそ、おつらくない、ですか……？」

「ご、めん。いつもより興奮しているみたいで、すぐに……果ててしまいそうだ」

息を乱し、照れくさそうに微笑むエセルバートが可愛く思えて胸がきゅっと締め付けられる。しかも締め付けられたのは胸だけではなかったらしく、エセルバートが呻き声を漏らした。

「アーシェ、お願い……ちから、抜いて」

「は、はい……申し訳、ありませ……んん……っ！」

息を吐き、なんとか力みを逃がした途端、エセルバートが更に奥へと腰を進める。押し込んでは少し引き、再び深く入ってくるたびに胎内に熱が溜まっていく。彫刻と見紛うばかりの肉体に縋り付き、アーシェリアは悲鳴にも似た声を上げた。

「もっと奥に、入ってもいい？」

「だいじょう、ぶ…です」

「ありがとう。嬉しい……」

ぎゅうっと強く抱きしめられ、アーシェリアは内と外の両方からエセルバートに圧迫される。ずんっと脳天まで響き渡る衝撃に思わず息を止めた。

「大丈夫？　痛くない？」

心配そうに覗き込んでくるエセルバートにこくこくと頷く。我慢できないほどではないし、ここで痛いと言ってしまったら、きっと優しいエセルバートは止めてしまうだろう。アーシェリアがぎこちなく微笑むと内側を広げる力が大きくなったような気がした。

「あ、んっ……エセル様の、おっきい……」

「……うぐっ！」

小刻みに揺らされ、再び絶頂へと押し上げられたアーシェリアが朦朧としたまま呟いた。半ば呂律が回っていない囁きにびくっと身体を揺らしたエセルバートの顔が一瞬にして朱に染まる。熱に浮かされたような眼差しでアーシェリアを見下ろしながら、感じる場所を執拗に攻め立ててきた。

「アーシェ、アーシェ……あい、してる……っ」

「エ、セルさ……まぁ……んっ、あああああ……っ！」

びくんっと大きく腰を跳ね上げ、アーシェリアが昇りつめる。今までにない強い締め付けに耐えきれず、エセルバートもすぐさまその後を追った。

胎内に熱い飛沫が広がっていくのを感じ、アーシェリアはきつく目をつぶった。

（どうか今度こそ、エセル様の子供を……！）

眦に浮かんだ涙をそっと拭われ、目を開けるとそこには気遣わしげな眼差しがあった。

「アーシェ、大丈夫？」

「はい。大丈夫……です」

よかった、とへにゃりと笑う顔がやっぱり可愛らしく思える。エセルバートはゆっくりと腰を引き、そこから溢れたものを手際よく拭き取るとアーシェリアを抱き寄せる。

「このまま、一緒に寝てもいい……？」

「はい。すごく……嬉しいです」

目を覚まし、微かに残された夫の気配に気付くたびに気分がひどく沈んだ。身体は繋げられても共寝はしたくないほどに嫌われていると思っていた。実際は「寝顔に幻滅されたくないから」という実に可愛らしい理由だったのだが。

大好きな人の体温を感じながら眠るのが、こんなに心地好いものだとは知らなかった。

あまりの嬉しさに裸の胸に顔を埋めると額のあたりでどくんと大きな鼓動が響いた。

「エセル様？　もしかして、どこかお加減が……」

「だだだだ大丈夫！　大丈夫だから！」

心配になって離しかけた身体は逆に強く引き寄せられた。耳まで真っ赤に染めたエセルバートの唇がふわりと額に落ちてくる。

「実はもう一つ……アーシェに謝らないといけないことがあるんだ」

「どのようなことですか？」

まだなにかあるのだろうか。咄嗟に身構えたものの、不思議と不安な気持ちは湧いてこない。そんなアーシェリアとは対照的に、エセルバートの声はかすかに震えていた。

「人の目がある場では、これまでと同じ態度をとってしまうことを、ゆるしてほしいんだ」

「それは、仕方がありませんね」

エセルバートは何事にも動じないというイメージが皆の中に根付いている。それを崩してしまうとあらぬ噂や憶測が飛び交ってしまうだろう。

「本当にごめん……」

「大丈夫です。その代わり、二人きりの時は隠さないでくださいね？」

「もちろん、約束するよ」

その約束さえしてもらえればきっと耐えられる。それに、こんなにも可愛らしい夫の姿は誰にも見せたくない、という気持ちが湧き上がってきた。

安堵したエセルバートがふわりと微笑む。そこにかつての「天使様」の面影を見つけ、不意に涙がこみ上げてきた。

「おやすみ、アーシェ」

「はい、おやすみなさい……」

エセルバートの鼓動は相変わらず大きくて速いけれど、今はそれすらも幸せに感じる。

目を閉じたアーシェリアは背を優しく撫でる感触に身を委ね、そのままゆっくりと眠りに落ちていった。

翌朝、フーヴベルデ王宮では静かながら大きな騒ぎが起こっていた。

いつものように妃の身支度を手伝うため、王太子夫妻の寝室へと向かった侍女が大慌てで宰相のもとを訪れ、アーシェリアがどこにもいないと報告してきたのだ。

だが、あの一帯は王太子の命により、ネズミ一匹どころか羽虫でさえも通ることが難しいほど強固な警備体制が敷かれている。誘拐(ゆうかい)されたり逃走を図ったりしたわけではないだろうが、残された可能性も限りなくゼロに近いように思えた。

ブラッドリーは足早に王太子の私室へと向かい、控え目に扉をノックする。しばし時間が経った後、ゆっくり内側から開かれた。そこには普段のこの時間であればきっちりと身なりを整えているはずのエセルバートが、ガウン姿で気怠(けだる)げに佇んでいる。

「殿下、お訊ねしたいことがあ……」

「静かにしろ。アーシェがまだ眠っている」

思わず部屋の奥へと視線を遣れば、天蓋から吊るされた布がぴっちり隙間なく閉じられている。無言で大きく目を見開いたブラッドリーだが、すぐさま満面の笑みを浮かべた。

「では、午前中の予定はキャンセルいたします」

「頼む。あぁ、今日は昼から執務室に行く。それまでここには誰も通すな」

「かしこまりました。朝食はこちらにお持ちいたします」

ちらりと背後を振り返ると、さっきまで真っ青な顔をしていた侍女達が目を潤ませながら手で口元を覆っている。ずっとアーシェリアの不遇に心を痛めていたのだから喜びもひとしおだろう。

「エセル、さま……？」

天蓋の内側でもぞりと人影が動き、不安げな呼びかけが微かに聞こえた。次の瞬間、目の前の扉がバタン！　と凄まじい勢いで閉じられた。

「はぁ……ようやく、ですかね」

ここ半年ですっかり慣れてしまった頭痛と胃痛とは、ようやくお別れできそうだ。

宰相は風圧で乱れた髪を直し、侍女に朝食を部屋に運ぶよう伝えると軽い足取りで執務室へと向かっていった。

エピローグ

因縁のある隣国、グリッツェンから嫁いできた彼女を取り巻く噂は後を絶たない。「野蛮人」の国からやって来た王女は当初、保守派の貴族や民衆からはあまり歓迎されていなかった。だが、ひと月ほど前にあった事件により評価が一転した。

とある強盗団の残党が教会を襲撃し、シスター見習いの孤児を人質に取った。たまたまその場に居合わせた王太子妃は逃げるどころか、人質になった少女と自分自身の交換を申し出たのだ。

一見するとあまりにも無謀な提案だったが、彼女にはちゃんと考えがあった。武の国で生まれ育った王女には武術の心得があり、隙を突いて反撃に出ると残党を一網打尽にしたのだ。

その際に捕まった者の証言により、以前より黒い噂の絶えなかった商会と、融資していた高位貴族が検挙された。盗品の横流しに頭を悩ませていた商業組合はこれを機に一斉浄化に踏みきり、経済の活性化が加速している。

それだけではない。悪党へ勇猛果敢に立ち向かったアーシェリア妃の姿は居合わせた者達の目へ強烈に焼き付いた。彼女は怪我が完治するなり、許可を得てずっと控えていた剣の稽古を再開したらしい。

　そんな話を聞きつけ、同じように武術を学ぼうとする者が増えてきている。しかもその流れに女性や貴族までもが乗っている。そうなるとさすがにフーヴベルデ国内の人材だけでは足りず、近くグリッツェンから騎士団出身の指導者が派遣され、騎士団や警備兵の増強の手助けをすることになっていた。

　そして、王太子妃に憧れる者も急激に増えているらしい。特に胸が豊かな女性達はこれまで馬鹿にされるのを恐れて隠していたが、襟ぐりの大きく開いたドレスを堂々と着こなす彼女の姿に勇気づけられたようだ。息苦しいコルセットから解放されると大喜びしていた。

　フーヴベルデはアーシェリアの輿入れによって大きく変わりつつある。

　一方、変革の波をもたらしたグリッツェンの王女を娶った「完璧王子」は——。


「そんなに着飾る必要はない」

　冷ややかに放たれたエセルバートの言葉で、一瞬にして空気が凍りついた。着任したばかりの護衛騎士は、銅像のように壁際で固まったまま成り行きを見守っている。

　そんな中で唯一、酷い言葉をぶつけられた王太子妃だけが平然と、あまつさえうっすらと笑みを浮かべていた。

「では殿下は、わたくしがアクセサリーを着けない寂しいドレス姿で夜会に出席して、皆の笑いものになれと仰るのですか？」

いくらフーヴベルデへの貢献がめざましい妃であっても、王太子に口答えするとは……。無表情を貫きながらも真新しい騎士服の背中にだらだらと冷や汗が伝う。この後の展開を想像するだけで恐ろしい。心臓を大きな手で掴まれたみたいに息苦しくなってきた。

小首を傾げて問うアーシェリアへ彫刻のように整った血の通わない美貌を向け、エセルバートが口を開く。

「そうではない。君はそのままの姿で十分だ。むしろ余計な装飾を着けると本来の美しさが損なわれる。あぁ、でも隠しておいた方がよからぬことを企む者に目を付けられなくて済むのかもしれないな」

抑揚（よくよう）もなく、流れるように紡がれた台詞を騎士が理解するのにしばし時間がかかった。

冷ややかな眼差しを真正面から受け止めているというのに、アーシェリアは頬を染める。

「うふふ。ありがとうございます。でも、そう言ってくださるのは殿下だけです」

「妻の美しさは夫である私だけが知っていれば十分だろう」

台詞と表情にあまりにもギャップがありすぎて騎士の頭の中は混乱を極めた。

「殿下、妃殿下、そろそろお時間です」

夜会の差配で忙しいはずの宰相がわざわざ呼びにくるとは、やはりこの夫妻には普通ではない「なにか」があるに違いない。気を取り直し、今まで以上に注意深く観察する新米騎士の前でエセルバートがあからさまに顔を顰めた。

「なぜお前が来たんだ」

「もちろん、殿下が妃殿下を攫って お部屋に逆戻りさせないためです」

「……余計なことを」

「余計じゃありませんよ！　まったく。隙あらば執務を放棄して部屋に籠もるとか、一体なにを考えてるんですかっ！」

宰相の容赦ない叱責にエセルバートはそっぽを向き、アーシェリアは頬の赤みを濃くしながら俯いている。

「あの、宰相様……。わたくしが悪いのです」

「妃殿下が？　どういう意味でしょう」

「わたくしが、その、お願いをしてしまったせいで、皆さんにご迷惑を……」

「アーシェのせいではない。世継ぎの誕生はこの国において最も重要な事柄だからな」

遂にアーシェリアは耳まで真っ赤に染め、夫の後ろに隠れてしまった。照れる王太子妃と彼女を優しい手付きで抱き寄せる王太子を皆が苦笑いと共に眺めている。

──あぁ……そういうことか。騎士は思わず頬を緩ませた。

王太子妃は先日、故国の兄に「もう心配ない」という旨の便りを送った。

その真偽を確かめるべく騎士──グリッツェンから送り込まれた間者は、近いうちによい報せを持って帰れそうだと密かに胸を撫で下ろした。

あとがき

お初の方は初めまして。そうでない方はお久しぶりです。蘇我空木（そがうつき）です。

この度は『氷の王子に嫁いだはずが、彼は私のストーカーでした』をお手に取っていただき、誠にありがとうございます。

このお話は五年ほど前にＷＥＢに掲載した短編小説をモチーフとして、設定を新たに書かせていただきました。

元は二万文字に満たない、ヒーローとヒロイン以外は名前が付いていないお話が、まさか一冊の本として世に送り出される日がくるとは思いませんでした。

嬉しいと思う反面、元の話をできるだけ残したいというこだわりから抜け出せず、書き下ろしとはまた違う苦労がありました。ＷＥＢ版をお読みになったことのある皆様は、その片鱗を探しつつお読みいただけますと幸いです。

そして、イラストを担当してくださったもんだば先生に深く御礼申し上げます。氷のような美貌を持つエセルバートと明るく勝気なアーシェリア、対照的ともいえる二人をそれはそれは素敵に描いてくださいました。

それでは、またお会いできる日を楽しみにしております。

蘇我空木

この本を読んでのご意見・ご感想をお待ちしております。

◆ あて先 ◆

〒101-0051
東京都千代田区神田神保町2-4-7 久月神田ビル
㈱イースト・プレス　ソーニャ文庫編集部
蘇我空木先生／もんだば先生

氷の王子に嫁いだはずが、彼は私のストーカーでした

2023年12月8日　第1刷発行

著　　者　蘇我空木
イラスト　もんだば
編集協力　adStory
装　　丁　imagejack.inc
発 行 人　永田和泉
発 行 所　株式会社イースト・プレス
〒101－0051
東京都千代田区神田神保町２－４－７ 久月神田ビル
TEL 03－5213－4700　FAX 03－5213－4701
印 刷 所　中央精版印刷株式会社

ISBN 978-4-7816-9759-8
定価はカバーに表示してあります。

Sonya ソーニャ文庫の本

『死ぬほど結婚嫌がってた殿下が初夜で愛に目覚めたようです』 栢野すばる
イラスト らんぷみ